W0303420

Belleville au cœur

© 2018 SLATKINE & CIE
WWW.SLATKINEETCOMPAGNIE.COM
ISBN 978-2-88944-102-0

Christian Page

avec Éloi Audoin-Rouzeau

Belleville au cœur

Slatkine & Cie

Avant-propos

Quand j'ai rencontré Christian Page pour la première fois, je ne savais rien de lui. Je n'avais croisé son nom qu'une seule fois dans un article de journal. Et le jour où je suis allé à sa rencontre pour ce livre, je ne savais pas trop dans quoi je m'embarquais. J'étais nerveux, pas très sûr de moi. Pas très sûr non plus du projet lui-même. Comment allait-il l'écrire, ce livre, au juste ? Et comment allais-je bien pouvoir l'aider, moi ? La seule chose qui me rassurait un peu, c'était le nom de famille de l'auteur : Page. Je me disais que, avec un nom pareil, quelque chose allait bien en sortir.

Je l'ai appelé en arrivant Place de la République. « J'arrive », m'a dit une voix très douce au téléphone, « attends-moi dans le dos de Marianne. »

Il est arrivé de nulle part, ralenti par le poids de son sac. En avançant l'un vers l'autre, nous nous observions. Il avait l'air un peu méfiant, plus que moi sans doute. J'ai compris plus tard, en apprenant à le connaître, qu'à ce moment précis, pour la première et dernière fois, j'entrais dans l'écran radar de Christian, cette faculté de *sentir* les gens, tellement aiguisée chez lui après trois ans de vie dans la rue, et qui par la suite m'a souvent frappé.

Au moment où nous nous sommes serré la main, il m'a souri franchement, et pour de bon cette fois. Il m'avait rangé dans la bonne case, qu'il oppose – dans une vision, certes manichéenne mais efficace – à celle du « connard ». On démarrait sur de bonnes bases.

En remontant la rue du Temple, il m'a montré la photo de son fils. C'est par là que commençait toute l'histoire. Cette histoire, il voulait l'écrire, et depuis longtemps, mais il doutait. La tâche était d'autant plus difficile qu'il voulait l'écrire en hiver, la période la plus difficile de l'année pour lui. Mais il ne pouvait pas en être autrement.

Je compris alors qu'il doutait plus que moi encore de la faisabilité d'un tel projet et de sa propre capacité à écrire dans la pluie et le froid.

Nous avons acheté de la bière avant de nous trouver un banc, le long du canal. De la conversation qui a suivi, je me souviens surtout de son humour ; de son envie de parler aussi, de témoigner, de se faire entendre. Cela tombait bien, j'étais là pour l'aider dans cette voie.

À la fin de notre rendez-vous, il a sorti un morceau de pain de son sac. Il m'en a donné la moitié et m'a proposé de nourrir les mouettes. On était, lui et moi, comme au beau milieu d'un nuage, les mouettes hurlaient, Christian riait. Il donnait des prénoms à chacune de ses « pétasses ». Et devant ce drôle de poète, mes réserves ont volé en éclat, et j'ai ri très fort, encore plus fort que lui et que tous ses oiseaux.

Le rire n'allait plus nous quitter tout au long de l'aventure. J'étais loin de m'imaginer que la transcription du journal d'un sans-abri de l'Est parisien m'offrirait tant de gaieté. Contre le découragement, la tristesse, le rire fut une arme d'une redoutable efficacité. Un cri pour la vie.

Lors de ces longs après-midi d'hiver, sur la place Sainte-Marthe, j'ai rencontré un à un les «frères» et les «sœurs» de Christian Page. Nous étions souvent assis, serrés les uns contre les autres, sur le muret qui tient un rôle central dans ce Journal. On se tenait compagnie, on se tenait chaud. Ils se moquaient de moi et de mon équipement insuffisant. J'étais souvent frigorifié. Je m'y prenais comme un bleu.

Un soir de pluie, rue du Temple, j'ai partagé un duvet avec Galak, un gros chien blanc, pour regagner un peu de chaleur. À cet instant précis, quelque chose a changé. Mes vêtements de ville, qui jusque-là me distinguaient, étaient désormais cachés. Une capuche recouvrait en partie mon visage. Je venais de basculer, pour quelques heures seulement, *de l'autre côté*. À mon tour, je voyais les passants d'un autre œil, depuis cet angle si aigu qui est celui d'un trottoir.

Je me souviens de leurs regards. Souvent furtifs, tous différents. Jamais je ne me suis senti tant observé et, étrangement, aussi invisible.

Les fois suivantes, je suis venu équipé. Je multipliais les couches de vêtements, mais je continuais à avoir froid en fin de journée. Avant de partir, Christian me tendait ses feuillets: quelques pages écrites la veille ou l'avant-veille. Parfois, il n'avait rien. Soit parce que les pages avaient été perdues, déchirées ou tout simplement parce qu'elles n'avaient pas été écrites. Il lui a fallu du courage pour venir à bout de ce travail.

Mais lorsqu'il avait réussi à écrire, il me tendait un rouleau de feuillets avec une sorte de dédain en me disant: «Tu verras bien si tu peux en faire quelque chose.»

Et avec ces bribes de l'histoire de sa vie dans ma poche intérieure, je m'empressais de rentrer chez moi avant de passer mes soirées à les déchiffrer, à les transcrire, pour les lui soumettre le lendemain et noter toutes les corrections qu'il voulait y porter. Mon excitation, alors, était proche de celle d'un jeune moine copiant son tout premier parchemin, du moins telle que je me l'imagine. J'étais à deux doigts de travailler à la bougie.

Après cette page, vous passerez *de son côté*. Laissez-le vous guider.

À la fin, tout comme moi, vous aurez du mal à le quitter.

Éloi Audoin-Rouzeau

Ça a débuté comme ça. Il était six heures pétantes, il y a bientôt quatre ans, je m'en souviens comme si c'était hier. J'allais partir bosser. Je travaillais dans un restaurant chic à Madeleine, à côté de l'Élysée et du Shangri-La, en face du siège de Chanel. L'endroit où les SDF n'ont pas trop l'habitude d'aller dîner. J'étais sommelier. Je servais des acteurs, des footballeurs, des banquiers, les pourboires tombaient. J'étais casé, j'aimais ma vie, ma femme, mon fils, et même mon boulot. Un appart nickel, quatre-vingt-huit mètres carrés, avec box et cave. Je me disais : là je suis au top.

Au moment où j'ouvre la porte pour sortir, ma femme me lance :

— Christian, on sera plus là ce soir.

Elle dit ça sur le ton : Tu n'oublieras pas d'acheter du pain.

Je mets quelques secondes à encaisser.

— Qu'est-ce que tu me dis, Vanessa ?

— On sera plus là ce soir. Je te quitte. Je pars avec le petit.

Elle avait eu tout l'après-midi pour me parler, et elle choisissait le moment où j'avais un pied sur le palier. Je ne pouvais pas me permettre d'arriver en retard. Je lui ai dit qu'on discuterait de ça au calme, à mon retour. Et je suis parti travailler la boule au ventre. J'aurais dû appeler mon patron, trouver une excuse, ne pas y aller, mais je ne me suis pas posé la question.

Ça a été le pire service de ma carrière. Je me suis loupé dans toutes les commandes, j'ai pété un plateau de verres à pied, je n'entendais rien autour de moi. Les mots de ma femme tournaient et sifflaient dans ma tête. Les heures défilaient au compte-gouttes. J'ai fini mon service à deux heures et sauté dans le premier bus de nuit. Il roulait très lentement, j'étais seul au fond, à me bouffer les ongles. Je suis descendu à mon arrêt, rue de Crimée, j'ai marché, j'ai peut-être même couru. J'ai fumé une clope avant de monter, pour me calmer. J'étais prêt pour la conversation la plus importante de ma vie.

En entrant dans l'obscurité de l'appart, j'ai tout de suite su que quelque chose s'était cassé. J'ai foncé dans la chambre vide. Je me suis rué dans celle de mon fils, le lit défait, les jouets au sol, le silence glacial. Un petit bout de papier était posé sur le buffet de l'entrée. Dix ans de vie qui explosent en trois mots.

Après, je ne me souviens plus. C'est le trou noir. Des images vagues, le dressing ouvert, les jeans et les pulls qu'elle avait choisi d'abandonner, comme moi.

Je me suis effondré et j'ai beaucoup dormi. Je me suis réveillé un an plus tard quand les huissiers ont sonné à la porte, le 17 avril 2015.

Le premier hiver, je croyais à peine à ce qui m'arrivait. Je n'étais pas préparé. J'ai fait la connerie du débutant, j'ai appelé le 115.

Comme tout bon citoyen déchu, j'imaginais trouver une main tendue, un réconfort, un peu de dignité. J'ai débarqué en enfer. Quand je suis arrivé, avec les quelques affaires que m'avaient laissées les huissiers, mon voisin de chambre m'a très vite mis dans le bain. Un connard venait de le dépouiller de sa boîte d'allumettes et de ses lacets. J'espère au moins que c'était pour se pendre.

Dans la rue, il n'y a pas beaucoup de solidarité. C'est même plutôt le contraire. Plus on est dans la merde, plus l'enfer c'est les autres.

Le 115, c'est le septième cercle, l'épicentre de la misère et de la violence, un chenil surpeuplé de quatre cents clebs pelés, affamés. Ceux qui survivent lui ont trouvé un petit nom : Guantanamo.

Là-bas, j'ai tout vu : embrouilles, larcins, punaises dans les draps, merde dans les douches. Avant de me tirer de ce clapier, j'ai chopé la gale en souvenir. Les services spécialisés de l'hôpital Saint-Louis ont refusé de me traiter, sous prétexte que j'avais perdu ma carte Vitale. J'avais pourtant d'autres papiers pour prouver que j'étais couvert. J'avais cotisé comme tout le monde. J'ai un peu crié et brandi le droit d'être soigné. Ils n'ont rien voulu savoir. Je suis reparti avec ma gale. Et comme j'étais contagieux, j'ai pris la décision de m'isoler, j'ai refusé tout contact avec les autres. Au bout de quinze jours, j'ai fini par trouver un médecin de quartier moins regardant. C'est lui que tous les sans-papiers vont consulter. Il m'a appliqué un produit qui ronge la peau et les bestioles qui se baladent en dessous. J'ai gardé ça sur moi deux jours, sans pouvoir me laver, me gratter, sans changer de vêtements, et cette saloperie a fini par disparaître.

Le plus dur pendant tous ces jours, c'était de ne pas se laver.

Dans la rue, il faut essayer de se laver et de se changer tous les jours. C'est une question de survie. La saleté, c'est le début de la fin. À la première tache, on bascule. Je me souviens d'un vieux film en noir et blanc où un type acculé dérape parce qu'il renverse une boîte de sardines sur son pantalon. *Le Signe du lion*, ça s'appelait. Tu parles d'un programme. J'ai souvent du linge propre dans mon sac, pas toujours. C'est pour ça que je porte du noir. Pour ne pas afficher la saleté.

La saleté est inévitable, on s'assied sur les trottoirs, on dort n'importe où. Si mon pantalon était blanc, les passants me verraient autrement, c'est sûr. J'ai toujours essayé de ne pas paraître sale aux yeux des gens. C'est important. Pour ne pas se couper totalement du monde. Par orgueil, aussi. On voudrait ne pas être regardé de haut. Mais comment éviter ça quand on passe ses journées au ras du trottoir?

*

Après avoir goûté au 115, j'ai pris les devants. Fini Guantanamo. J'ai improvisé. J'ai dormi dans le métro, je me lavais aux bains-douches de la rue de Meaux. Quand je sortais, sans avoir le temps de me sécher, le froid me mordait les tempes.

Toutes les portes se fermaient. Le téléphone sonnait dans le vide. Un jour, j'ai recroisé le père de Momo, le meilleur copain de mon fils, devant sa boulangerie. C'était mon voisin, je le considérais comme un ami. Il a fait semblant de ne pas me reconnaître. J'ai insisté, j'ai été bien lourd. Il a fini par m'envoyer chier. Pourtant, le père de Momo, quand j'avais un boulot et une vie bien rangée, il me disait toujours : « Si t'as besoin de quoi que ce soit, Christian, tu sais que tu peux compter sur moi. »

Ciao Pantin. Aujourd'hui, je ne pense plus à toi. Tu es rayé de la carte. Si je venais à te recroiser, c'est moi qui ne te reconnaîtrais pas, et pour de vrai, cette fois. Tu es loin, très loin de moi, dans une autre vie.

La place Sainte-Marthe est déserte, encore plus calme que d'habitude. La neige tombe à gros flocons et je décide d'admirer le spectacle sans penser au froid qu'on annonce pour la nuit suivante. La journée ne fait que commencer.

Tout le monde dort. Même les grilles des deux bistrots, de l'ébéniste et du disquaire sont baissées. C'est un jour à rester au lit et à ne pas foutre un pied dehors. Mais mon lit est roulé dans mon sac depuis deux heures, j'essaie de conserver la chaleur de la nuit en contractant mes muscles sous mes six couches de sapes. Je suis seul et je m'emmerde.

Je m'assieds contre le muret de la Mission Évangélique. C'est mon port d'attache. Chaque jour, des bénévoles distribuent soixante petits-déjeuners. Cent dîners le soir. Dieu n'existe peut-être pas, mais heureusement qu'on l'a inventé, sinon on ne boufferait pas, on ne se laverait pas et on ne se changerait pas. Sans compter le médecin, le psy, le coiffeur. La Mission, c'est notre base arrière à tous. Pour la peine, on a droit à de petits sermons, et même à des messes. On râle chaque fois mais on reste.

On n'est pas loin de cinq cents à être domiciliés à La Mission. On reçoit là toute notre paperasse : RSA, Pôle-Emploi, courrier personnel. Sans cette adresse, on n'aurait pas d'adresse. Sans Domicile Fixe, on survit, mais sans boîte aux lettres, on n'est rien. Disparu des radars. Pas un euro, tous obligés de faire la manche, et mes potes qui n'ont pas de téléphone n'auraient aucun contact avec leur famille.

*

Moi, je ne reçois jamais de carte postale à la Mission. Ma boîte aux lettres c'est mon portable. C'est mon kit de socialisation. Je m'informe, je communique, je rencontre des hommes, des femmes, des mains tendues, des anonymes. Quand je vois ce que j'arrive à faire avec un petit écran et un abonnement à deux euros par mois, je me dis, quel con tu as été de ne pas y avoir pensé plus tôt. Twitter existait déjà quand je me suis retrouvé à la rue, mais j'ai mis deux ans avant de me pencher sur le sujet. Aujourd'hui, je ne pourrais plus m'en passer. Le président des États-Unis a été élu avec ce truc, pour ma part, je dois à Twitter d'avoir été plébiscité clodo officiel de Belleville.

J'ai compris l'utilité de mon téléphone le jour où un employé de la mairie de Paris m'a arrosé exprès avec son jet d'eau, en plein hiver. Mes couvertures étaient trempées, mon sac gorgé de flotte. À l'époque, je venais de créer mon compte. À tout hasard, j'ai raconté l'agression, comme on jette une bouteille à la mer. Dans la journée, Madame la Maire me présentait personnellement ses excuses. C'est devenu une copine, depuis. Elle m'a donné son adresse perso. On se parle, on échange. Depuis trois mois, elle me fait la gueule parce que j'ai écrit qu'elle était conne mais gentille. Elle aurait peut-être préféré que je dise qu'elle était intelligente et méchante.

Quand j'ai commencé à écrire ce livre, je l'ai fait sur mon smartphone. On ne peut pas conserver de papier dans la rue, ça prend l'eau, ça se déchire. Avec le temps, mon smartphone est devenu quasiment étanche. Je ne suis jamais seul avec ce petit truc. J'ai des tonnes d'amis Twitter, partout dans le monde. Et j'en fais profiter les autres. Un pote a reçu une nouvelle paire de chaussures, en colissimo et de la bonne pointure. Un luxe dans la rue. Le colis venait d'une jeune étudiante, une anonyme qui m'envoie souvent des chocolats qui font le bonheur de toute la place Sainte-Marthe.

*

Je me lève quelques minutes et sautille pour faire redescendre le sang jusqu'à mes orteils. J'ai l'air un peu con mais j'ai froid. La pierre du muret est gelée. Enfin, j'ai connu pire.

Je ne dirais pas non à un petit café, au moins pour me réchauffer les mains et me donner un coup de fouet. Ce matin, ça risque d'être compliqué. La Mission est fermée le lundi, donc pas de douche non plus. Je trouverai une solution un peu plus tard. Si je croise Aldo, je lui demanderai de m'ouvrir discrètement, peut-être qu'il acceptera.

Quand on vit dans la rue, une action aussi banale que boire un café ou faire une toilette rapide peut prendre toute la matinée.

Il y a toujours du monde à la Mission, même en prévoyant le coup. Dans la queue, on se tape le retardataire qui invente une excuse ou qui gueule pour doubler. On crie, on se pousse. C'est une routine épuisante, surtout quand on n'a pas beaucoup dormi. Quand on sort de cette guerre de l'attente, c'est dur à comprendre, mais il est déjà presque midi et on ne sait pas où la matinée est passée.

Je suis réveillé depuis cinq heures.

Je n'étais pas du matin, mais dans la rue, j'ai pris l'habitude de me lever aux aurores. Ça m'évite de croiser les gamins qui partent à l'école.

Je ne veux pas qu'ils me voient. Je ne veux pas me voir dans leurs yeux.

Un pigeon se pose devant moi, il rôde à mes pieds en roucoulant. Je n'ai pas une affection prononcée pour ces rats volants, mais puisque la mairie leur a déclaré la guerre, à eux comme à nous, les pigeons sont devenus nos alliés objectifs. Tous les jours, on scelle des piques ou des arceaux pour nous rendre invisibles. Pour les pigeons, on plante des pointes. On les stérilise aussi. Ça nous laisse un peu de marge. Frère d'adversité, le pigeon devient mon ami. Mais je n'ai rien à lui offrir, à part des miettes de tabac.

Finalement, les seuls qui s'en sortent vraiment dans la rue, ce sont les rats. Ils sont remontés des égouts avec les crues de la Seine et ils tiennent Paris. Depuis que la mairie a retapé la Place de la République, ils ont migré dans tout le quartier. La nuit, ils attaquent les poubelles par en dessous, les corneilles s'occupent du dessus. *La Corneille et le Rat*. Une fable de La Fontaine pour clodos.

La nuit, les rats sont partout. Pas cons, ils savent s'adapter. Le problème, c'est qu'ils sont susceptibles. Impossible de les piéger, ils se souviennent toujours quand on leur a fait une crasse.

J'ai eu un rat domestique, dans le temps, quand j'habitais rue de Crimée avec ma femme. Un jour, il avait chié partout, alors je l'ai privé de dîner. Le lendemain, il avait bouffé tous mes vinyles. L'enfoiré s'était particulièrement acharné sur mon préféré, celui de Pascal Auberson.

*

Le pigeon s'est envolé, finalement. Me revoilà seul. Je n'ai plus que la radio sur mon téléphone. Je l'écoute tous les matins, comme beaucoup de Français. Aujourd'hui, les stations passent en boucle les alertes météo et l'info trafic. Sur France Inter, je tombe sur la voix de Guillaume Meurice. Qu'est-ce qu'il fout là, à cette heure? Je croyais qu'il était aux Antilles. C'est peut-être une redif, ou une de ses chroniques en décalage horaire?

Vivement qu'il rentre. Ça fait des semaines que je me trimballe sa bouteille de limoncello, envoyée à la Mission par une amie de Twitter. Je passerai le voir à son retour, il habite dans le quartier. L'été dernier, il m'a laissé ses clés pendant quinze jours. J'étais comme un pape à prendre le soleil au balcon, à écouter ses vinyles. Les Stones, Janis Joplin, Aerosmith, ça fait du bien la bonne musique.

Elles sont loin, les Antilles. Je souffle sur mes mains, je me frotte les genoux. Je fête mon troisième hiver dans la rue et ça me fait drôle. Ni gâteau, ni bougies.

À ce stade, je vous dois une confidence : je suis suisse. Je suis né à Versailles, j'ai été élevé en Savoie mais comme ma mère est suissesse, on m'a donné la nationalité helvétique.

À vingt ans, j'ai donc été appelé dans l'armée suisse pour faire mon service. L'École de recrues, comme on dit là-bas. J'étais « fusilier de plaine ».

Je n'étais pas vraiment fait pour être soldat. Quand on disait : « À gauche, gauche », je mettais le cap à droite. Ce n'était pas juste pour faire le contraire, ni par mauvaise volonté. J'étais ce genre de troufion, la hantise des gradés.

Dès le premier jour, j'ai été dans le viseur du capitaine Baumgartner. Il était suisse allemand, moi j'étais romand. On ne partait pas sur de bonnes bases. Le capitaine a assez vite compris à qui il avait affaire. Un soir de permission, je suis rentré tellement bourré que j'avais besoin des murs pour m'aider à tenir debout. Je croyais avoir été discret, mais j'avais réveillé toute la caserne. Quand Baumgartner m'a sorti de mon lit à six heures du mat, j'étais encore saoul.

« Page ! Six jours ! » On m'a traîné à l'infirmerie, on m'a jeté sur le lit et on m'a enfermé. J'ai terminé ma nuit au calme, et je me suis levé. Il faisait un peu chaud dans la pièce. J'ai démonté toute la fenêtre avec la pointe de mon opinel. J'avais besoin de prendre l'air.

Baumgartner est devenu écarlate, il était prêt à m'enfermer une semaine de plus. Mais comme ni l'adjudant-chef, ni le sergent, ni l'infirmier ne savaient remonter la fenêtre, j'ai négocié cinq jours de trou au lieu de six en échange de ce petit dépannage.

Je me suis fait virer peu de temps après. J'étais libre de partir, et réformé à vie de l'armée suisse. Je n'ose pas imaginer la réaction de mon père, quand il a appris ça. Mon père, pour que vous sachiez, est décoré pour avoir été l'un des derniers à tenir à Diên Biên Phu. Sa sœur a son arbre à Yad Vashem, pour avoir sauvé des dizaines de Juifs. Dans la famille on est plutôt patriote tendance résistant. Alors, forcément, le petit Christian réformé…

Ma mère, en tout cas, n'a pas eu l'air surpris. Rien à lui reprocher. Elle m'a très bien élevé. Grâce à ma mère, je sais où trouver les coins à edelweiss. Grâce à elle, je suis organisé, pragmatique, montagnard. Je suis un couteau suisse à moi tout seul.

J'étais heureux en Suisse, au Bouveret, le Saint-Tropez du Valais. J'étais heureux mais il fallait partir. Partir loin, partir vite. Je voulais voir du monde, rencontrer des gens.

À vingt ans, lorsque j'ai quitté mon canton, j'avais décidé de partir à la conquête de Paris comme on s'attaque à une montagne.

Depuis, je n'ai jamais cessé d'être un alpiniste. Je porte ma vie sur mon dos, je supporte le froid comme personne et je dors sur les plus hauts sommets de Paris.

Le plus haut sommet de Paris, où je dors depuis plusieurs mois, c'est à côté du Parc des Buttes-Chaumont. On ne révèle jamais son spot, on le garde secret, pour ne pas se le faire piquer. J'aime bien être là-bas, je me fais mes petites promenades. Aujourd'hui, comme il fait doux, j'ai poussé la balade jusqu'à mon ancien jardin perso.

Depuis le Belvédère des Buttes-Chaumont, je vois les nuages noirs qui se sont rassemblés à l'est, vers La Villette. Un gros orage s'annonce et les emmerdes qui vont avec. Je prends à peine le temps de finir ma clope, je pose mon sac le long d'une pierre, sous un buisson. C'est le sac qu'il faut protéger en premier. Avec mon gros manteau imperméable, je n'ai rien à craindre. Mais dans le sac, il y a mes vêtements, le duvet, rien d'étanche. Si la pluie pénètre le cœur de ma maison, ma nuit est foutue tout comme ma journée du lendemain. Personne n'aime étendre son linge.

Fausse alerte, l'orage se fait attendre, j'ai le temps de sortir du parc. En descendant par le chemin du lac, je croise François, mon jardinier préféré, un grand gaillard toujours disponible pour ne pas bosser. Lui et moi, on connaît tous les bancs où les gamins ont effrité leurs barrettes pendant le week-end. On peut se rouler quelque chose de décent au bout d'une petite heure de ballade et de dépiautage.

Comme on est lundi, j'ai droit à la revue de presse de la semaine : François a retrouvé un chat perdu, François a assisté à la coupe du grand saule, François a croisé le vieux SDF. On l'appelle le SDF parce que c'est le seul qui vive aux Buttes-Chaumont, caché derrière le Guignol. Il a dit à

François qu'il avait été chassé en pleine nuit par les agents de sécurité. Ils ont bousillé sa tente. Normalement, tout le monde lui fout la paix, même les gardiens. C'était peut-être une erreur, mais ça m'étonnerait. À mon avis, ils n'avaient rien d'autre à se foutre sous la dent ce soir-là.

La nuit, quand les bobos quittent le Rosa Bonheur, les cow-boys se préparent à leur jeu préféré. Ils s'habillent, s'équipent, bombes lacrymo, matraques et lampes de poche. C'est l'heure de la partie de chasse.

Une fois, ils m'ont coursé comme un renard. Ils ne m'ont pas attrapé, je ne me laisse pas choper si facilement. Je me suis caché dans un buisson, ils sont passés, repassés, ils ont aboyé dans la nuit. Je n'ai pas bougé d'un poil, tapi dans l'ombre, vêtu de noir, tel Zorro. J'étais invisible. J'ai fini par installer mon petit campement sur place. Les chasseurs ont continué à faire des rondes toute la nuit jusqu'à épuisement pendant que je ronflais, pépère, dans mon terrier.

Je n'aime pas les gardiens, les jardiniers n'aiment pas les gardiens, j'aime donc les jardiniers. Être unis, c'est d'abord se trouver des ennemis communs.

Les jardiniers sont des rêveurs. Ils ne parlent pas aux arbres mais les connaissent personnellement : les chênes et les frênes des forêts de l'est, les pins des Landes sur la petite butte... Vers ce bosquet, à l'époque, je croisais souvent des types un peu bizarres. Je me souviens d'un mec d'un certain âge, qui m'avait regardé avec insistance, comme s'il me connaissait. Pendant des années, je me suis demandé ce que ça voulait dire et ça me démangeait. Les jardiniers m'ont aidé à résoudre l'énigme et ça a fait *tilt* tout de suite. Tous ces types venaient là pour une rencontre, un petit tour de passe-passe dans les fourrés. On en voit de moins en moins ces derniers temps, les applications de rencontre doivent être plus efficaces.

*

Le jardinier me donne un petit coup de coude. Il m'invite à fumer le produit de notre récolte. On reste un moment tranquilles, assis l'un à côté de l'autre à attendre l'orage qui ne viendra plus. Un gros chien noir me saute dessus. Il me lèche le cou avant de se ruer, surexcité, dans les bras du jardinier.

— Tu le connais celui-là?

— Non, c'est la première fois que je le vois.

— On dirait pas.

Le clebs se barre et nous laisse avec une forte odeur de chien mouillé. Cette visite imprévue nous a fait plaisir à tous les deux, ça se voit à nos tronches. On a ça en commun, lui et moi, la relation privilégiée avec les animaux.

Tous les deux, on est les seuls à retrouver et à attraper les lapins abandonnés. On a même un petit sanctuaire, derrière les poubelles, c'est l'endroit où on les relâche. Dans la vie, on a tous le droit à une seconde chance, après tout. Malheureusement, beaucoup ne passent pas l'hiver.

Un jour, on a eu peur pour nos petits rescapés parce qu'un gardien avait aperçu un python dans les parages. Le parc avait été évacué et la traque avait commencé. J'ai eu le droit de rester avec mon pote François qui voulait absolument trouver le serpent avant les autres. Il a plié l'affaire en une heure. Le python était, comme il le pressentait, pas très loin de nos lapins. Il a déroulé le serpent de sa branche et l'a posé sur ses épaules. Pour savourer pleinement sa victoire, il est passé devant les agents de sécurité, le serpent en écharpe, en marchant le plus lentement possible, puis il leur a lancé un grand sourire de défi. Faut dire qu'il avait de la gueule, François.

*

La dernière fois que j'ai trouvé un animal, c'était rue Sainte-Marthe, un crabe chinois, évadé d'un cabas sur le retour du marché de Belleville. Il me regardait avec ses petits yeux pleins de bulles. J'ai couru au bazar pour acheter une boîte, puis je suis allé au bistrot et je l'ai remplie de flotte.

J'ai fait des recherches sur mon téléphone, c'était un crabe d'estuaire, habitué à l'eau douce comme à l'eau salée. Je suis allé aux Buttes et je l'ai libéré dans l'étang. Il paraît que les tortues et les poissons rouges viennent de Chine aussi. Je me suis dit qu'il trouverait un peu de compagnie, qu'ils se comprendraient peut-être.

Je soupçonne le vieux héron de l'avoir bouffé dès les premiers jours. Lui, ça va faire vingt ans qu'il vit là, tout seul, en bas de la cascade. Je le voyais déjà, du temps où je venais pique-niquer en famille au bord de l'eau.

Je l'ai surnommé Grand Gilles. Grand Gilles, c'était le nom de mon grand-père de rue quand je suis arrivé à Paris et que j'ai milité pour la défense des sans logement. Quand j'avais vingt ans, je défendais les SDF. Quel paradoxe, putain !

Grand Gilles était un sage, comme tous les SDF qui ont passé la barre des soixante ans. Quand il parlait, on se taisait. Je ne me doutais pas, en l'écoutant me raconter ses histoires de clodo, que ses enseignements me seraient bien utiles, plus tard, dans ma prochaine vie. C'est grâce à lui que j'ai su comment me nourrir, comment me protéger. C'est grâce à lui que la rue n'a pas de secret pour moi.

Grand Gilles vivait à Saint-Germain-des-Prés et c'était l'un des rares SDF que le quartier tolérait, peut-être parce qu'il était le premier à appliquer les principes qu'il enseignait, à commencer par le plus important : se couler doucement dans le décor. Sûrement aussi parce que les gens l'aimaient bien. Il était plus connu que le café de Flore. Dans sa maisonnette en carton, sirotant sa piquette, il recevait des étudiants de Sciences-Po' qui buvaient ses paroles. C'était un peu le Diogène de Saint Mich'.

*

La pluie ne viendra plus. Je salue longuement François avant de partir. Je me sens mieux, allégé, mais toujours un peu triste. En quittant le parc, je me revois, une dernière fois, avec elle. Je viens de mettre le rosé au frais dans le ruisseau. J'ai attaché le goulot à une ficelle fixée à une petite poulie de ma création. Je remonte la bouteille en imitant un pêcheur. Elle se marre et son rire déclenche le mien. Mon fils joue un peu plus loin. Le soleil tape fort. Je la serre contre moi.

Jeune père de famille, j'ai trente ans. J'ai arrêté mes conneries d'ado. Je travaille beaucoup. Un peu trop peut-être, mais ça, je ne m'en rends pas compte. La veille, au resto, j'ai décliné la carte des vins à Jean Rochefort, pas si sympa que ça, d'ailleurs. Demain avant le service, j'irai faire du vélo avec le petit. L'hiver prochain, je l'emmènerai à la montagne, pour voir s'il skie aussi bien que son père. Et l'été prochain, j'organiserai un grand voyage, il ne me reste qu'à choisir l'endroit.

J'ai tout un tas de projets pour nous. Je suis loin de me douter que la vague sur laquelle je surfe en toute confiance va bientôt se briser.

Je suis arrivé aux grilles du parc. Dehors, les voitures, les camions, les scooters. La ville vient de reprendre ses droits, mes souvenirs s'évaporent. C'est l'heure de la rue.

Je me retourne une dernière fois pour saluer le dernier souvenir de mon ancienne vie, le vieux héron gris.

Il n'est pas là aujourd'hui.

Dans la rue, le plus grand danger, ce n'est pas le froid, ni la faim, ni l'alcool, c'est l'homme. Et là, il faut être entraîné. En trois ans, je me suis blindé mais il m'arrive encore de me laisser surprendre. Chaque fois, je m'en veux. Manquer de vigilance, c'est le vrai danger.

Le 7 du mois, alerte absolue.

Aujourd'hui, je suis zen, on est le 6, premier jour des vacances mensuelles, coup de gong de la disparition générale. Le RSA vient de tomber.

C'est le matin de tous les possibles, on est riches. Quatre-cent-quarante-quatre euros environ, ça dépend du régime. Les plus dépensiers fêtent ça, ils se fondent dans la masse, vont au ciné, boivent leurs allocs. Les autres choisissent le resto, s'achètent de nouvelles pompes, grillent tout au PMU.

Le 6 du mois, on s'offre tout ce qui nous a manqué, des chaussettes, du dentifrice, tout ce dont on a rêvé, les écouteurs, le morceau de shit, les paquets de clopes. Jusqu'au 10, on fume des Camel, des Marlboro. Le 15, on est repassé aux roulées. Le 20, on ramasse les filtres et on fume au carton. À la fin du mois, on n'a plus trop le choix.

« Monsieur ? Vous n'auriez pas une petite cigarette pour dépanner, par hasard ? »

On n'a plus honte de demander, tout le monde le fait. Depuis qu'il est devenu exorbitant de cultiver son cancer du poumon, Paris s'est transformé en une marée de taxeurs.

Les vacances sont toujours trop courtes. Passée la grande fête des allocs, mes potes resurgissent fauchés. Ils me grattent du tabac, une feuille à rouler, quelques pièces. Je suis le Suisse de service, après tout, l'un des rares à savoir gérer son argent. J'ai un compte en France, à la Banque Postale, banque de tous les pauvres, et, deux à l'UBS, banque de tous les riches. Quelques centaines d'euros sur le premier, rien sur les seconds. Je suis français de naissance et de cœur. J'épargne ici, c'est plus honnête. Chaque mois, je m'astreins à placer sur mon portefeuille actions de la Banque Postale la somme irréductible et toujours régulière d'un centime d'euro. J'ai pour intention de me faire refaire les dents. Mais en or, s'il vous plaît.

*

Dans le calendrier de la rue, le 7 du mois, c'est la grande foire aux dépouilleurs. On ne les voit pas arriver. Ils se répandent dans le quartier et guettent les SDF comme des rats. Pas difficile de repérer les cibles faciles. Le mois dernier, après un apéro un peu trop arrosé, je me suis fait avoir.

Je m'étais écroulé sur un banc, contre mon sac bien chargé, aussi chargé que moi, ce soir-là. En plein sommeil, je sens une main qui fouille dans mon dos. J'ouvre les paupières, j'aperçois une ombre. Mon poing a réagi plus vite que mon cerveau. J'ai gardé une de ses dents plantées entre les phalanges. Furieux contre moi-même, je suis remonté jusqu'à mon coin secret.

Je me suis désinfecté avec mon kit de survie de la Croix-Rouge. J'ai bien nettoyé la plaie. Il faut faire attention. Un petit bobo mal soigné peut vite dégénérer. Et on ne nous reçoit pas aux urgences pour une égratignure infectée.

J'aurais pu devenir dépouilleur, qui sait ? Finir dans un buisson, et sortir le 7 du mois, les soirs de pleine lune quand tout le monde est bourré et qu'il reste de l'argent au fond des poches. J'aurais pu mais ce n'est pas vraiment ma façon de voir le monde.

Ça me rappelle le bouquin *Je suis une légende* que j'ai trouvé dans une boîte à livres, place Daumesnil. Les voisins se servent, laissent leurs vieux bouquins, on tombe sur des trésors. Je vais régulièrement faire le plein là-bas, j'ai toujours un livre dans ma maison-sac, jamais deux, pas la place, trop fragile.

Je suis une légende, j'étais encore marié quand j'ai vu le film, avec Will Smith. Le livre est incomparablement meilleur. On suit le dernier homme sur terre : un pauvre type qui vit tout seul, après avoir perdu sa femme, sa fille et ses amis, contaminés par une épidémie. Tous les soirs, son voisin, devenu mort-vivant, vient taper à la fenêtre de sa maison barricadée, pour bien lui faire comprendre qu'il gêne et qu'un jour où l'autre, il se fera tuer.

Moi, aussi je suis un survivant. Trois ans que je suis sans famille. Trois ans qu'on me regarde autrement et que je dérange. Je n'ai pas une maison où me planquer mais *je suis une légende*.

Rafik surgit de nulle part, avec ses trois sacs et son caddie. Il me dit bonjour en grognant et se pose à quelques mètres. Il n'est pas encore réveillé, ou il a chopé une galette de crack, et dans ce cas il est déjà perché.

Rafik fait partie de la catégorie des fumeurs de crack. Toujours muré dans son silence à regarder la cendre se consumer au bout de sa clope. Il porte à l'annulaire une bague en argent. Mais on le reconnaît sans ça. Rafik est connu comme le houblon.

Les fumeurs visent plus haut que les dépouilleurs. Ce sont surtout nos portables qui les intéressent. Logique, c'est ce qui se vend le mieux et qui rapporte le plus. Un Smartphone vaut 20 euros à Barbès ou 50 à la criée, immédiatement renégociable en crack. Les vendeurs de crack de Jaurès bossent juste à côté des receleurs. Le fumeur de crack peut se procurer un caillou et le fric pour l'acheter en une seule course. Ça arrange tout le monde.

Dans la rue, les voleurs, on leur pardonne mais on n'oublie jamais. Rafik, par exemple, commence tout juste à pouvoir revenir place Sainte-Marthe. Il a disparu après avoir essayé de piquer le portable d'un mec. Le type était sympa et lui a gentiment demandé de le lui rendre. Il a eu de la chance, c'est un truc à perdre une dent. Rafik a pris ses sacs et il a disparu pendant un bout de temps.

Celui qui vole un autre commet une grave erreur morale et tactique. Dès qu'on apprend la nouvelle, on la fait tourner. Le voleur est cerné : on arrête de lui parler, on arrête de l'aider, il se retrouve seul. On ne va pas non plus lui casser la gueule, ça ne rime à rien. Taper sur un fumeur de crack, c'est comme frapper un petit vieux, c'est pas correct.

*

Le mois dernier, je m'étais endormi sur le banc. Je me suis réveillé sans téléphone. J'ai foncé vers Rafik, j'étais sûr que c'était encore lui. Ce jour-là, par chance, Nassim, mon frère de rue, était de passage place Sainte-Marthe. En bon copain, c'est lui qui avait pris mon portable pour le mettre à l'abri. Et comme il me connaît mieux que personne, il avait même pensé à brancher mon téléphone à la Mission. Il sait que je n'ai jamais de batterie: il me croise souvent à l'abribus de Goncourt, en train de recharger mon portable. C'est un classique, mon téléphone est toujours à plat au moment où j'en ai le plus besoin. Tout le monde connaît ça mais dans la rue, ça devient compliqué. J'ai des batteries externes prévues pour ça, mais j'oublie de les recharger. Dès que j'ai une prise électrique à portée de main, je me pose à côté, je me branche et j'attends. Tout est question d'anticipation.

Ce soir-là, grâce à mon ange gardien, j'avais retrouvé mon téléphone, avec assez de batterie pour regarder le match du PSG en streaming. Rafik, qui pour une fois n'y était pour rien, a eu le droit de le regarder avec nous.

Et il y a eu un but d'anthologie de Zlatan, le géant à qui je servais des grands crus dans mon ancienne vie de sommelier.

Trois clodos sur un muret qui regardent une tribu de millionnaires courir derrière un ballon.

Je reviens sur la *dépouille*, parce que c'est important pour comprendre la violence de la rue. Le SDF est une cible trop facile pour les voleurs. Les crackmen ou les dépouilleurs du 7 attaquent toujours quand on est vulnérable, généralement la nuit.

J'ai un opinel dans mon sac, mais je ne m'en sers que pour casser la croûte. D'autres sont armés pour se défendre. Certains dorment avec leur poing américain, au cas où. J'ai opté pour la méthode douce : si je me fais réveiller en pleine nuit, j'éclaire la gueule de l'intrus avec la lampe de poche de ma radio dynamo. J'appelle ça le pouvoir d'invisibilité.

Une des fois où j'ai dû me défendre de façon violente, je dormais au bord du canal, en binôme, avec un pote que j'ai perdu de vue depuis. J'avais repéré un connard qui voulait nous tirer nos affaires. On essayait de le piéger à chaque tentative, mais il détalait toujours comme un lapin. Et le lendemain, il revenait. Un connard revient toujours sur les lieux de sa crasse.

Cette nuit-là, on a très peu dormi. On était sur nos gardes. C'est comme ça la plupart du temps. On est comme le lièvre de La Fontaine.

Voilà comme je vis : cette crainte maudite
M'empêche de dormir, sinon les yeux ouverts.

Cette Fable, je l'ai apprise à l'école primaire en Suisse, en quatrième, comme on dit là-bas. Je la connais encore entièrement par cœur. L'institutrice s'appelait Carmen, c'est elle qui m'a donné le goût de la lecture. Elle nous collait aussi des notions d'allemand, mais là, c'était du rabâchage pur et con. *Le Bœuf, Der Ochs, La Vache, Die Kuh, Fermez la porte, Die Tür zu.* Je m'égare mais tous ceux qui ont été scolarisés en Suisse comprendront.

Donc, on dormait les yeux ouverts, en attendant de pied ferme notre dépouilleur. Cette fois, le plan avait changé, on faisait semblant de ronfler, emmitouflés dans nos duvets. Mais les duvets étaient ouverts, on avait gardé nos chaussures. On était prêts à le choper, ce coup-là, et on patienterait jusqu'au dernier moment.

Le piège s'est refermé sur le dépouilleur en une seconde. Mon pote a visé le tibia avec sa matraque télescopique. J'ai attrapé l'autre jambe et je l'ai plaqué au sol. La suite n'a été marrante pour personne.

On lui a fait comprendre, sans plaisir aucun, qu'il ne fallait plus jamais nous emmerder.

*

L'été dernier, à Lyon, des mecs ont roué de coups un sans-abri qui ne s'en est jamais relevé. En octobre, en Bretagne, un SDF a été poignardé en pleine nuit. En décembre, à Marseille, un veilleur de nuit a tué à l'arme blanche un jeune type endormi. Rien que sur le canal, il y a plein de petites ordures qui viennent embrouiller les dormeurs. Je ne sais pas d'où ils viennent, ni ce qu'ils veulent. Des cadors à la *Orange mécanique*, accros à la violence.

Hier, en plein Paris, on a retrouvé un pauvre gars brûlé, en plein XVIe arrondissement. Ses agresseurs ont profité de son sommeil pour verser de l'essence sur son sac de couchage. Ils l'ont laissé pour mort, en flammes. Avant de disparaître, ces enculés ont embarqué son chien, le chien qui hurlait de panique en voyant son maître flamber.

D'après ce que je sais, le type s'en est sorti, mais c'est un grand brûlé à vie. Il est à l'hôpital et n'en sortira pas. On n'a jamais retrouvé ces sous-hommes. Ni le chien.

Pour me dégourdir les jambes je descends la rue Sainte-Marthe, je passe devant les devantures colorées du bar brésilien et du tailleur togolais. Plus bas, ils ont ouvert une boutique d'huile d'olive et de savons bio. Pas sûr qu'ils aient pensé à moi en l'inaugurant.

Au bout de la rue, à la terrasse de L'Imprévu, deux ouvriers prennent un café. Leurs bleus de travail sont couverts de blanc. Le paradoxe de ce quartier, c'est qu'il est populaire et très riche à la fois. La place Sainte-Marthe, où des centaines de SDF transitent, est l'endroit où le prix du mètre carré est le plus cher du XXe. La gauche « huile d'olive » s'est installée ici depuis dix ans.

Je croise ma petite protégée qui me lance un sourire. C'est une Cambodgienne dont je ne connais pas le nom. Elle est plus jeune que ses consœurs du métro Belleville, et plus maline aussi, parce qu'elle n'a pas de mac. Juste quelques clients réguliers. Je l'ai secourue l'année dernière, quand un connard tentait de la racketter. Depuis, on s'aime bien, sans jamais se parler pour autant.

J'ai beaucoup de respect pour les putes. On veille sur elles comme on peut, avec les flics du quartier, et quelques clients fidèles : de vieux retraités tunisiens qui passent presque tous les jours pour leur donner des oranges ou des fruits secs.

En revanche, je ne croise plus de putes françaises. J'en voyais encore quand j'étais jeune, à mon arrivée à Paris. Les vieilles putes historiques de Ménilmontant et de la rue des Amandiers, la petite Cécile de Belleville, des chansons d'Aristide Bruant. Elles n'existent plus, elles ont disparu avec leur époque.

Aujourd'hui, ce sont des Asiatiques sans papiers, sans argent. On les attire en France en leur faisant miroiter un boulot de jeune fille au pair et les voilà sur le trottoir. J'en vois chaque jour, de ces marcheuses qui passent devant nous, suivies de loin par un pauvre type hameçonné.

La plupart du temps, on se retient de faire une ola, mais on ne se prive pas de commentaires. Celui-là, en costard, on se l'imagine rentrant chez sa femme le soir même et prétextant une grosse journée pour éviter son regard et aller se coucher tôt. Ou l'autre, le gros costaud à la gueule fermée qui n'a pas l'air d'être un tendre, et qu'on n'imaginerait pas non plus aller aux putes.

De tous les gens de la rue, les putes ont la vie la moins drôle. Elles sont en danger permanent. Encore plus que nous, elles ont toujours été des cibles. Faciles d'accès, sans-droits, sans défense. Le gibier idéal.

*

Je sors du quartier, je quitte ses petites rues, ses impasses et ses cours pavées où l'on dort sans être vu. Pour aller jusqu'au canal, je dois longer l'hôpital Saint-Louis par l'avenue Claude Vellefaux, puis la rue Alibert. J'adore les dessins sur le mur, des dinosaures géants, des lézards, au niveau des poubelles, des gorilles et des orangs-outans juste avant mon Franprix.

Je fais une pause au croisement des rues Alibert et Bichat, devant le bar kabyle historique du quartier, Le Carillon, face au Petit-Cambodge. Avant les attaques de novembre 2015, les habitués avaient trouvé un nom à ce petit bout de quartier, le Triangle d'or.

Je fais un petit détour par la rue Marie et Louise, deux jeunes filles en fleurs dont le papa était propriétaire de tous les immeubles de la rue à l'époque. Puis, je débouche sur le canal Saint-Martin, un des axes centraux des sans-abri parisiens. Difficile de dire combien dorment ici, le jour, la nuit. Au moins trois cents, c'est sûr. Mais ils dorment à ciel ouvert : les tentes des Enfants de Don Quichotte ont été retirées depuis longtemps.

La première année où je me suis retrouvé dans la rue, j'ai pu assister à l'assèchement du canal. C'était fascinant de voir ces carcasses, ces bidets couverts de vase, ces vélib gisant à la surface d'une boue épaisse pleine de bouteilles vides. La pêche miraculeuse.

Aujourd'hui, le pont est fermé pour travaux. Je dois prendre l'arche d'acier, celle de Jouvet et d'Arletty dans *Hôtel du Nord*. C'est dur de grimper, avec tout mon paquetage. Le sac qui contient toute ma vie me pèse.

*

Mon sac c'est ma maison. J'ai un bureau en bordel dans la poche de gauche avec un vieux portable qui ne fonctionne plus, ma radio portative, mon carnet de notes, mes feutres, mes marqueurs et toujours un livre. J'ai ma cuisine dans la poche de droite, remplie de bières et de boîtes de thon, et aussi mes produits de toilette, je les ai redescendus de ma salle de bains, depuis que la poche du haut a craqué. Dans la poche du fond, c'est la chambre : mes deux sacs de couchage et mon tapis de sol. Dans la poche principale, le dressing où j'ai mes vêtements de rechange, une paire de chaussettes, un caleçon, un jean. Et enfin, un drapeau de mon pays : la planète terre. Je l'ai décroché de son mat au bassin de la Villette, pendant la COP 21.

Je fais une pause en haut des marches. Je décroche ma maison, je l'oublie un moment. Si quelqu'un veut me la voler, elle est si lourde qu'il n'ira pas bien loin. Les mouettes ne sont pas là aujourd'hui. J'ai chopé un croissant chez Emmaüs sur le chemin, spécialement pour elles. Heureusement, il en reste une, un peu paumée.

Ça y est, elle m'a vu. Elle se lance et tourne en cercle. Je jette des morceaux en l'air, qu'elle attrape à la volée. Les passants s'arrêtent pour nous admirer.

— On n'est pas heureux, là, tous les deux?

Ma journée commence.

De mon perchoir, j'aperçois le Sicilien qui zigzague entre les passants. Qu'est-ce qu'il fout là, ce gamin? Il doit être en train de taxer une clope ou une pièce ou deux pour se payer une bière. Il n'a aucune source de revenus, mais c'est un démerdard. Ça fait un moment que je ne l'avais pas vu. Peut-être qu'il purge une peine de pénitence, lui aussi. Si je lui demande, il va encore me raconter que la mafia le recherche et je vais encore faire semblant de le croire. En fait, je pense qu'il essaye de ne pas trop traîner avec les autres SDF. Il fait tout pour paraître normal. Je sais qu'il essaie de se trouver une copine. C'est son plan d'évasion, sortir de la rue par amour.

Il y en a beaucoup des jeunes à la ramasse. Ils se sont retrouvés dans la rue très tôt. En général, à cause d'un conflit familial. L'histoire est toujours la même, violences parentales, rébellion, répression d'une orientation sexuelle. Au bout d'un moment, ils fuguent, disparaissent dans des squats. Ils sortent rarement, pour ne pas se faire rattraper. Les plus jeunes sont les plus vulnérables. Ce sont les plus visibles, ceux que la police recherche en priorité. Une fois piégés, ils finissent à la Ddass, d'où ils s'évadent.

Les seuls mineurs qui parviennent à semer la police, ce sont les petits Marocains sans famille. Ils ont dix ou douze ans et ils sont très forts pour passer inaperçus. Le jour, ils se cachent dans les wagons, sur les lignes de triage des gares. Ils en profitent pour dormir un peu ou sniffer de la colle. La nuit, je ne sais pas où ils sont. On en croise rarement, ils sont invisibles. Presque une légende urbaine.

*

J'ai rencontré le Sicilien à République, lors de Nuit Debout. On était pas mal de SDF à participer et à monter les tentes. Les campements, ça nous connaît. Et cette histoire de manifester contre la loi travail sur une place publique, ça nous allait plutôt bien.

Depuis que la Mairie a transformé la place en une grande arène à ciel ouvert, République est devenu un coin chaud, surtout la nuit. Pas mal des types qui dormaient entre les bosquets se sont déplacés vers le boulevard Saint-Martin pour passer la journée dans une ancienne station de métro réhabilitée par l'Armée du Salut. Ils s'entassent dans une bouche de métro transformée en centre d'accueil d'urgence. Elle est pleine à craquer. Sur le papier, on peut prendre une douche. En réalité, les listes d'attente pour se laver sont longues comme mon bras. C'est mal aéré, comme dans une vraie station de métro.

Quand le centre ferme à dix-huit heures, les SDF de la station Saint-Martin remontent à la surface, mais pas pour très longtemps. Ils vont dormir sur les quais de la ligne 8, 5 ou 11. Les agents de sécurité de la RATP ont baissé les bras depuis longtemps. Dans la station République, la nuit, des douzaines d'hommes et de femmes dorment côte à côte et à perte de vue.

Il y a des avantages à dormir dans le métro, c'est sûr. La chaleur, les gens à regarder pendant la journée et la manche plus facile. Mais en vrai, le métro, c'est encore pire que la rue. Encore plus de rats, encore plus de crasse, encore plus de pollution et encore moins de dignité. Ceux qui vivent sur les quais se négligent plus vite que les autres. Ils sont mal équipés, toujours prêts à se voler les uns les autres. Ils se salissent plus rapidement, ils se déshumanisent à vitesse grand V. Certains ne sortent plus jamais de leur tunnel. Ils sont enfermés. Ils deviennent presque méchants. Aussi invisibles que les stations fantômes de Paris : Arsenal, Haxo, Molitor.

*

Le premier à m'avoir parlé de ces stations désaffectées, c'est mon pote Surcouf. Il avait le même âge que moi quand je suis arrivé la première fois à Paris, et il connaissait la ville mieux que personne, ainsi que ses entrailles : le métro et les catacombes.

Je ne suis jamais descendu sous terre avec lui, mais je me souviens de tout ce qu'il me racontait, toutes les salles créées par les cataphiles des années 1980, où ont lieu des soirées de dingues.

Les cataphiles se connaissent tous. Mais les rues souterraines du sud de Paris sont trop grandes pour une si petite communauté. Alors, ils se laissent des petits souvenirs, un fanzine, un tract, un poème, une photographie, un livre.

Le délire est trop perché pour moi. Avec Surcouf, je préférais me balader dans le métro. On explorait les stations fantômes les unes après les autres. Un jour, on est tombé sur la station des Lilas qui sert de lieu de tournage à la RATP. On a vu apparaître le vieux Sprague-Thomson, le train vert légendaire des années 30. On a cru à un rêve. Les vieux bancs en bois vernis, le blason doré de la Ville de Paris sur les wagons rouges des premières. Tout était encore dans son jus.

Quand on est ressortis, on était en 1995.

J'ai salué le Sicilien depuis la passerelle. Il a agité la main vite fait et il a tourné les talons. Il ne va pas s'emmerder avec un vieux con comme moi. Je ne sais pas quand je le reverrai, peut-être dans un mois, mais je ne m'inquiète pas pour lui. Il est jeune. C'est quand les vieux manquent à l'appel qu'il faut se faire du souci. Dans la rue, la règle, c'est: «pas de nouvelle, mauvaise nouvelle». Quand une semaine passe sans signe de vie, puis une autre, on peut commencer à s'inquiéter.

Il y en a qui disparaissent du jour au lendemain et ne reviennent jamais. C'est comme ça que Surcouf est sorti de ma vie, jusqu'au jour où j'ai appris sa mort par hasard, dans le rapport du *Collectif des Morts de la Rue.*

Comme son nom l'indique, le Collectif recense tous les morts de la rue. Chaque année, ils publient un agenda. Tous les jours de l'année, il y a un, deux, trois morts. Beaucoup l'hiver, souvent des enfants. L'agenda donne simplement le prénom, quand on le connaît, et l'âge.

Quand j'ai vu pour Surcouf dans le *Collectif*, j'ai essayé de savoir. Le Samu l'a retrouvé un matin, dans le XXe arrondissement. J'ignore de quoi il est mort. Je sais seulement que c'est dans la rue. Ce jour-là, j'ai eu l'alcool triste et plus que mes larmes pour chialer.

Je ne sais pas non plus où a été enterré Surcouf. Pas au Père-Lachaise, en tout cas. Ils ont supprimé la dernière fosse commune pour gagner de la place. Ça faisait tache entre Oscar Wilde et Yves Montand.

Les morts de la rue sont désormais enterrés à Thiais ou à Pantin, au carré des indigents que le Collectif a rebaptisé le *Carré de la fraternité*. Quatre mille places nous attendent. Merci, ça fait beaucoup.

À Thiais ou à Pantin, la plupart des tombes sont scellées par des dalles de béton, sans aucun nom. Chaque corps reste là cinq ans, dans son cercueil de mauvais bois, avant d'être éventuellement récupéré par la famille, ou transféré à l'ossuaire si personne ne s'est manifesté.

À l'entrée du cimetière de Thiais, il y a un registre. Tout est dedans. La date et l'heure exacte de l'enterrement. Il y a même le temps qu'il faisait et la liste des discours qui ont été prononcés, la chanson qu'un ami a poussée.

Dans la rue on meurt seul mais on meurt accompagné.

Chaque année, quand arrive le petit calendrier morbide du Collectif, je prends quelques heures pour le lire en détail. Cette fois encore, il y a beaucoup de morts avec la mention *inconnu*. Ce sont ceux qui n'avaient ni papier, ni parent, ni ami quand on les a retrouvés. Mais il y a aussi les volontaires, ceux qui ont donné des instructions de leur vivant à leurs amis. Ils ne voulaient pas qu'on identifie leur corps. Ils voulaient être sûrs de disparaître pour de bon.

Mon frère de rue, Nassim, commence à prendre ses précautions. Et je le comprends. Il était prof de français, il est tombé, comme nous tous, à la suite du triple sacrement de la poisse (problème de couple, problème de boulot, problème de logement), et il a 58 ans. Il s'inquiète, Nassim. Dans la rue on vieillit deux fois plus vite. Il va régulièrement à l'hôpital pour essayer de se désintoxiquer de l'alcool. Et sa terreur, même s'il en parle rarement, c'est que sa fille découvre son prénom par hasard dans le calendrier du Collectif, ou peut-être même dans un journal, avec en prime les détails de sa mort dans la rue.

Nassim souhaite donc qu'on l'oublie. Il veut rester *inconnu*. C'est pour cette unique raison qu'il n'a pas renouvelé ses papiers. Ce qu'il ne sait pas c'est que ce droit ne lui sera pas accordé par la loi. Même après sa mort, il sera pisté, fiché, disséqué. Tous ceux qui sont morts dans la rue passent par la morgue.

Le rapport de l'autopsie indiquera tout ce que Nassim aura voulu cacher, le taux d'alcoolémie, l'état des organes vitaux, la cause du décès. Rien à faire, une simple empreinte digitale suffira à l'identifier.

Alors réapparaîtront un nom, un visage.

La photo sur ses papiers remonte à dix ans. Le nom n'a pas changé, mais les traits sont méconnaissables. Ce n'est plus le même homme. Nassim, à l'époque, est encore professeur de français. Un père de famille qui va à la poste, à la banque et qui paye ses impôts. Seuls les plis de l'intérieur de la première phalange de son index attestent qu'il s'agit bien de la même personne.

De mon côté, je n'ai pas de souci à me faire : plus de photo de mon ancien temps ! J'ai perdu mon dernier visage il y a quelques mois, en paumant ma carte Vitale. C'était absurde de me voir comme ça, les cheveux courts, rasé de près avec mes lunettes. Un autre homme.

La rue a gravé sur ma gueule des traces indélébiles. On vieillit vite ici, pas de crème antirides, pas de produits miracles. Un jour, si j'ai envie de disparaître, j'arracherai mon bandana rouge, je me couperai les cheveux et je me raserai la barbe.

À ce moment-là, plus personne, à part moi, ne me reconnaîtra. Sauf Nassim, peut-être.

*

En fait, il n'y a que le vieux type de la station Arts et Métiers qui soit passé entre les gouttes. Tout le monde le connaissait. Disparu pour de bon, envolé dans les nuages. On n'a jamais retrouvé sa trace. Pourtant, c'était un sédentaire, il vivait là depuis près de dix ans, dans cette station qui ressemble au sous-marin des Beatles, à l'endroit exact où sa femme l'avait quitté et où sa vie s'était échouée.

Tout le monde pense qu'il est mort, sauf moi. J'aime imaginer qu'il a un jour sauté dans un train pour le sud et les pins parasols. Terminus en gare de Sète, et place aux jeunes, en quelque sorte.

*

Lundi dernier, quand le rapport du Collectif des Morts a été publié, la presse titrait sur le prochain débat à l'Assemblée nationale : chocolatine ou pain au chocolat ? Faut croire que le sujet est plus brûlant que les huit enfants qui sont morts dans la rue cette année.

Voilà, voilà. Dans les prochaines semaines, on va payer tout un tas d'attachés parlementaires, de secrétaires, de rapporteurs, pour discuter de l'appellation d'une viennoiserie. Ça me rappelle le débat sur le nom des nouvelles régions : tous ces cons qui s'inquiétaient de devoir bientôt cohabiter avec des étrangers qui diraient « poche » au lieu de « sac plastique ». Le repli identitaire a été déclenché comme un incendie en France et plus aucun des pyromanes, intellos ou politicards, ne sait comment l'éteindre. L'étau va continuer à se resserrer. Un jour, on sera allé tellement loin que la rue de Belleville va s'entretuer avec la place Sainte-Marthe, sous prétexte qu'on n'est pas du même pâté de maison.

Moi, j'aurais préféré que l'Assemblée nous rassemble et débatte sur ces huit enfants qui ne mangeront plus ni chocolatines, ni pains au chocolat.

J'ai reçu, via twitter, une invitation de la mairie de Paris pour assister à un hommage aux 510 morts de la rue, cette année, dans les salons cossus de l'Hôtel de Ville.

Ils ont fêté ça sans moi. Ce n'était ni ma place, ni mon envie. Et tout ce quartier tapissé de flics et de touristes me fout le cafard. Je ne vais jamais Rive gauche. Seuls les quartiers populaires m'intéressent à Paris. Je n'ai rien à foutre dans un quartier aisé, sans authenticité, sans personnalité, sans solidarité.

Quand je dois traverser la Seine par l'Île de la Cité, je passe par le Pont Neuf, le plus loin possible de la préfecture de Police. Ça me remue toujours de mauvais souvenirs, ça me renvoie à l'époque où je venais de me retrouver à la rue.

J'étais sans nouvelles de ma femme depuis presque un an, et un jour, je reçois un appel masqué sur mon portable. Le type se présente : Brigade des mineurs. J'ai d'abord cru à une erreur puis à une blague quand il m'a expliqué que c'était bien moi qu'ils recherchaient et que j'étais convoqué le lendemain au 12, Quai de Gesvres.

J'avoue que là, c'était le pompon. En plus de refaire sa vie avec un nouveau mec, ma femme était allée raconter aux flics que je battais mon fils.

J'aurais préféré qu'on me coupe la main plutôt que d'avoir à subir un tel affront. Mais je n'avais pas le choix. Le souffle coupé, je suis entré dans le saint des saints, le Quai de Gesvres, la ville des flics. J'ai eu l'impression d'être avalé par un monstre.

Un fonctionnaire de police au teint verdâtre m'a conduit jusqu'à un bureau du rez-de-chaussée, refait à neuf depuis que Mesrine y avait laissé une jolie petite bombe. Entre ces murs tout blancs, sous une lumière blafarde, j'ai vécu un long cauchemar et je me suis senti prêt, moi aussi, à tout faire sauter pour en sortir.

Le type avait une sale gueule mais c'était un bon flic, finalement. Il a fini par comprendre que j'étais innocent. Avec moins de chance, en tombant sur un autre, j'aurais pu finir derrière les barreaux.

Quand le monstre m'a enfin recraché hors de son ventre, j'ai aperçu une ribambelle de touristes qui faisaient la queue devant la Conciergerie. Ils ne savent pas, les pauvres, qu'ils marchent au-dessus d'un dépôt. Je ne leur en veux pas, d'ailleurs. Les Parisiens eux-mêmes ignorent qu'on entasse tous les pauvres types et les voleurs de pommes dans cette prison depuis le Moyen-Âge.

Je n'ai jamais eu le privilège de la visiter, moi, la Conciergerie. Nassim a eu le droit à son petit séjour l'an dernier. Il avait volé trois paires de chaussettes au Monoprix de la rue du Faubourg-du-Temple.

*

Dans la rue, on n'a pas droit à l'erreur, on tombe pour un rien. Le pauvre type qui vole sa dose de mauvais alcool ira droit chez les flics si le gérant du magasin a décidé de le faire tomber. Le fils de bourge qui se fait attraper avec une bouteille de vodka dans son sac ne connaît pas le même sort : il paie à la caisse et il rentre chez lui.

La justice ne nous protège pas, nous, les misérables. Elle nous attaque, elle nous traque, elle nous enterre. Dans la rue, il n'y a que la chance qui soit parfois de notre côté.

C'est un soir d'automne. Tout le monde est en terrasse pour fêter le week-end et les rues sont bondées. Comme tous les jours, je sors de la Mission. Nassim n'est pas venu dîner avec moi, il a trop picolé, il a disparu plus tôt dans l'après-midi pour faire une sieste dans un parking. Je n'ai personne avec qui fumer ma clope.

Je m'engage dans la rue Sainte-Marthe de bonne humeur. Je descends vers le canal en prenant tout mon temps. Ce n'est pas encore l'heure de se coucher. J'ai une dernière bière dans la poche et de quoi me rouler un pétard. Ma fin de soirée est toute tracée.

Je passe devant le Triangle d'or, les terrasses du Carillon et du Petit-Cambodge. L'écho des rires se balade d'un trottoir à l'autre, et c'est bon de les entendre. C'est doux comme cette soirée de novembre. Je continue mon chemin jusqu'au canal. À cette heure-là, des grappes entières de jeunes ont le cul posé le long de l'eau. Ça boit du rosé, ça bouffe des chips, ça jette des mégots dans la flotte. Je me pose à l'écart, histoire d'être un peu tranquille. Je roule mon dernier spliff et je l'allume.

J'entends une détonation en ouvrant ma canette. Je ne fais pas gaffe, une moto qui tousse, un vieux pot d'échappement. Autour de moi, rien ne bouge. Mais mes yeux, mes oreilles, tous mes sens sont en éveil. Mon instinct essaie de me souffler quelque chose.

Les détonations continuent. Tout de suite, je comprends qu'il se passe quelque chose vers le triangle d'or. J'ai déjà entendu ce bruit-là, mais où ? Ça y est, ça me revient en pleine gueule. Ce sont des tirs d'arme de guerre, comme celle que j'avais dans l'Armée suisse.

Je me relève brusquement et je m'avance vers la rue Alibert, pour voir ce qu'il s'y passe. Des jeunes arrivent dans ma direction. Certains courent, d'autres non. Je me calme, ça n'a pas l'air bien méchant.

Je me dis : sûrement un règlement de compte. Après tout, Belleville a toujours été le terrain du grand banditisme. Les titis de la Belle Époque, les voyous à belle gueule des chansons populaires, n'hésitaient pas à tirer. Mais quand même, il y a quelque chose qui cloche. Belleville s'est calmée depuis le démantèlement du dernier grand réseau des frères Roma, « les rois de la blanche ». Ce serait les Chinois ? Impossible, les mafieux ne lavent pas leur linge sale en public. Ils arrangent leurs petites affaires en privé et se mutilent tranquilles chez eux, dans leurs appartements.

Du coup, je ne vois pas d'autre hypothèse, c'est un règlement de compte entre dealers. Mais quand même, c'est bien la première fois que j'assiste à une chose pareille. On n'est pas à Marseille quand même. Ici, les petits vendeurs de shit n'ont pas pour habitude de se dessouder en pleine rue. Ce sont de tout petits délinquants, restés en fin de chaîne du trafic de drogue. Ils ont quelques barrettes dans leurs bananes, à tout casser. J'en connais plein, comme le petit Momo, le fils du boulanger de mon ancienne vie. À douze ans, ses cousins l'avaient sorti de l'école et il faisait déjà le chouf, pour les trafiquants de la cité, nourri et payé à la fin de la journée, vingt balles et un grec-frites.

Sans trop m'inquiéter, j'empoigne mon sac et j'avance vers la rue de la Fontaine-au-Roi. J'entends une nouvelle salve de tirs. Les gens se mettent à crier devant, derrière, autour de moi. Ils commencent à courir. Cette fois, ça ne rigole plus du tout. On ne sait pas où aller, ni ce qui se passe.

J'opte pour la stratégie de l'immobilité. Je me terre entre la sanisette et la passerelle et j'attends que mon cerveau enregistre un peu l'information. Les tirs ont cessé. Pas les cris.

J'entends la première sirène, j'aperçois le premier gyrophare. Et le second ; et le troisième. Je vois des grappes de bagnoles de flics qui déboulent à toute blinde dans la rue Louis Blanc. Les vitres des voitures sont baissées. Les visages sont fermés, les fusils mitrailleurs sont posés sur les vitres, prêts à tirer au premier geste brusque.

Je me fige, les mains bien apparentes, avec ma bière dans la gauche, mon pétard dans la droite.

Les camions rouges des pompiers suivent les bagnoles blanches des flics. Je me casse, et fissa. Je remonte tout le canal dans l'autre sens, direction Jaurès. Je ne suis pas comme ce SDF qui, à Manchester, a accouru sur place juste après l'explosion lors d'un concert pour enfants afin de faire les premiers gestes de secours.

Non, je l'avoue, comme beaucoup de monde ce soir-là, j'ai marché vite et dans la direction opposée pour sauver ma peau. Je me suis planqué dans une rue, au calme, et j'ai enfilé mes écouteurs. C'est là que j'ai compris. Les terroristes avançaient de plus en plus vers l'est, ça venait de péter à Charonne. J'irais de l'autre côté. Logique de survie élémentaire.

*

Le lendemain, les rues de Paris étaient vides, comme dans mon bouquin *Je suis une légende*. Sur la place Sainte-Marthe, on ne parlait que de ça. Chacun racontait le récit de sa nuit. Nassim est arrivé comme une fleur. De son troisième sous-sol il n'avait rien vu, rien entendu. Il se plaignait du bordel, le quartier paralysé par les cordons de sécurité à l'entrée de toutes les rues. Il n'avait pas vu les corps, évacués par les pompiers, ni les militaires armés jusqu'aux dents. Il était complètement passé à côté de tout.

Quand je lui ai raconté, Nassim ne m'a pas cru. Il ne comprenait pas, il était blanc comme un linge. C'est là que j'ai appris qu'il est parfois plus choquant d'apprendre quelque chose que de le vivre. Les jours suivants, il était tellement sonné qu'il a fallu que je l'emmène voir les impacts de balles au Carillon. C'est seulement en touchant les stigmates qu'il a compris.

Après le 13 novembre, la vie des Français a changé. Celle des SDF aussi. Vigipirate nous rend la vie impossible, on n'entre plus nulle part. Et surtout pas avec un sac sur le dos. Ça nous a rapprochés aussi, surtout les premiers mois. Faut dire qu'on n'avait jamais vu ça. Cette nuit-là, c'était un peu l'acte I du cauchemar. Maintenant, on s'est presque habitués.

Quand je pense à ma mère, je me dis que les femmes sont plus fortes que les hommes. Elles soutiennent nos faiblesses. C'est pour ça qu'elles n'ont pas encore pris le contrôle de tous les ministères, elles passent le gros de leur temps à réparer nos conneries.

Mais dans la rue, être une femme, c'est pas la vie en rose: les centres ne sont pas conçus pour elles. Les soins de toilette ne sont pas adaptés et l'intimité est inexistante dans les dortoirs.

Le fardeau des femmes, c'est leur corps: attirant pour certains types, vulnérable pour d'autres, les deux à la fois pour les plus dangereux.

Il faut être courageuse pour s'asseoir au milieu d'un groupe d'hommes. Il faut affronter leurs regards, les commentaires et les insultes. C'est dur à éviter. Dans les files d'attente mixtes des soupes populaires, c'est une valse de mains au cul, de pelotages de seins. Ça gueule «salope», ça crie «sale pute».

En ce qui me concerne, une femme sait qu'elle n'a rien à craindre de moi. Ce qui ne veut pas dire que je n'ai pas de désir. Oui, j'aime les regarder, ces filles que je vois tous les jours à la terrasse du bistrot, juste devant moi. Elles sont belles à se crever les yeux.

*

Je n'ai pas de sablier pour faire le compte des mois et des années, mais je peux avouer au jugé que ça fait un sacré bail qu'une femme n'est pas entrée dans ma vie. La dernière en date était une femme que j'avais rencontrée sur les réseaux. Au début de l'hiver, elle m'avait prêté la chambre de son fils parti faire le tour le monde.

On s'entendait bien, la vie était douce. Le soir, on buvait un verre de rouge, un seul. On se complétait bien, elle et moi, on voulait s'en sortir. Retrouver un boulot pour elle. Réduire l'alcool pour moi.

La seule façon de se sortir de la rue, c'est d'avoir quelqu'un et un toit. Pour passer à Pôle Emploi, constituer un dossier, se bouger, il faut un lit, une salle de bains, un miroir dans lequel accepter de se regarder le matin avant un entretien d'embauche. Et c'est possible de le faire avec quelqu'un qui te soutient.

Ça changeait tout, la présence de cette femme qui s'inquiétait quand j'étais en retard pour dîner. Ça changeait tout, et ça me changeait, moi. Je me sentais plus serein, tiré vers le haut. On avait la force d'un couple. On se serrait les coudes, on se tenait la main.

Notre idylle a duré huit jours à tout casser.

Le jour de la rupture, j'avais passé la journée place Sainte-Marthe, propre sur moi et le dos léger. Sur le chemin du retour, je surprends mon reflet dans la vitrine d'un caviste. Je vois un homme neuf et je me marre avec lui avant d'entrer acheter un Bordeaux. J'ai hâte d'arriver, de cuisiner avec elle, de l'entendre me raconter sa journée.

En passant la porte, je sens tout de suite qu'elle a quelque chose à me dire. Son fils aîné l'a appelée le matin. Il désapprouve le choix, « totalement cinglé », d'accueillir un SDF chez elle. Elle a l'air triste, et très embarrassé. Elle me propose de contourner le veto familial, de continuer à m'héberger en secret. Je refuse d'être un poids. Je rassemble mes affaires et je me tire.

Retour à la rue. Retour à la solitude. Retour au manque. J'ai retrouvé Nassim sur le muret. Il avait l'air paumé, les yeux rivés sur un mec et une fille qui se roulaient des pelles à la terrasse du bistrot. Il était ailleurs, bloqué quelque part entre sa vie d'étudiant et sa vie d'adulte. Tous les profs sont comme ça : ils n'ont jamais quitté l'école.

Une femme SDF ne vit jamais seule. Elle ne peut pas dormir la nuit dans la rue, alors elle marche. Elle traverse Paris, en long, en large, sur les trottoirs. Comme les putes algériennes de Barbès, les Congolaises de Château Rouge et les Chinoises de Belleville.

L'alternative est de se trouver un protecteur. Le couple se forme souvent en fonction de la dot du mari, une tente, un chien, un RSA, un gabarit. Tout est bon à prendre quand il s'agit de survie.

Avec de la chance, elle trouvera le bon gars. Peut-être même qu'elle pourra l'aimer. C'est rare, mais ça existe. Et ça reste toujours secret, sauf pour les vieux couples. L'amour, dans la rue, est un aveu de faiblesse. Aimer une femme, vouloir la protéger peut être dangereux. Si ça se sait, si ça s'ébruite, les autres savent où taper, là où ça fait le plus mal.

La solution idéale, c'est d'être sous la protection d'un flic du quartier. Ça arrive plus souvent qu'on ne le croit. Le flic se prend de pitié puis d'affection, il protège. Parfois, on en voit qui traînent en civil, place Sainte-Marthe. C'est pas pour nous qu'ils sont là, c'est pour Sarah.

Un jour, elle avait trop bu. Elle boit moins, mais quand elle s'y met, elle n'y va pas de main morte. Le flic a découvert sa protégée qui faisait des ronds sur elle-même et montait dans les tours. Il ne l'avait jamais vue comme ça. Nous, si.

Il était furieux, il a cru qu'on l'avait droguée, il voulait punir le responsable. Sa foudre est tombée d'abord sur

Rafik, qui ne s'est pas laissé faire. Il s'est défendu et lui a fait comprendre qu'il était pas du genre à partager ses cachetons. Le flic s'est un peu calmé, mais il est quand même resté une demi-heure sur le banc pour finir son sandwich, juste pour montrer qu'il était là, qu'il nous avait à l'œil.

Moi aussi je l'ai à l'œil, ma Sarah. C'est pas avec nous qu'elle sera en danger. Et puis, après dix ans de rue, quand même, elle est rodée. Je suis toujours heureux de pouvoir l'aider, quand elle l'accepte.

Au début de la trêve hivernale, je suis parvenu à la faire réintégrer dans son foyer. Elle avait été exclue à cause de son ex, une vieille ordure qui venait frapper tous les soirs à la porte de sa chambre. Quand il ne pouvait pas entrer parce que le vigile l'avait repéré, il envoyait ses potes, qui lui chuchotaient des listes de menaces à travers la serrure. Ça a foutu un tel bordel que Sarah a fini par se faire jeter du foyer. Elle est venue dormir avec moi pendant une semaine, le temps que je passe quelques coups de fil pour réparer les dégâts. Dans la rue comme dans la vie les femmes sont victimes de harcèlement.

Par les réseaux, je suis entré en contact avec Nikita Belluci, une ancienne actrice X qui me transmet les propos anonymes qu'elle reçoit. À treize ans, certains petits mecs déjà bien partis dans la vie la couvrent de menaces de viol, de meurtre, et de tout un tas d'autres trucs qui ne méritent pas de faire couler d'encre. Je n'ose pas imaginer ce qui arriverait à Nikita si elle était dans la rue.

Sarah n'a plus peur de rien depuis qu'elle a perdu son premier compagnon, tué devant elle pour une insulte. Je m'inquiète pour elle, même si elle sait se battre. Elle n'est pas aussi forte qu'elle veut bien le croire.

Un jour de Saint-Valentin, je l'ai retrouvée avec un énorme cocard. Une autre fois, elle s'était mangé une bouteille dans la tête et il a fallu lui recoudre l'oreille.

La prochaine fois, ce sera quoi ?

*

Chaque hiver, des femmes disparaissent. Mardi dernier, une sans-abri est morte à Lafayette, au cœur des beaux quartiers. Une autre, en décembre, à Strasbourg, a été retrouvée toute froide au réveil. L'autopsie a établi la cause du décès : « mort naturelle ».

« Mort naturelle », à 44 ans. Oui, ça colle. C'est dans la moyenne de l'espérance de vie des SDF aujourd'hui.

45 ans, l'espérance de vie des Français en 1880.

C'est la fin de l'évolution, le grand renversement.

C'est la rue.

J'ai rien d'autre à foutre que de recharger mon téléphone. Je me pose à mon abribus bien que le débit soit très lent. Je raconte un petit bout de ma vie à une dame qui attend le 46. Et je reste seul, à attendre un autre bus qui ne vient pas. Pour chasser l'ennui, je regarde les piétons se vautrer dans la neige, les voitures et les scooters qui dérapent dans la boue. C'est fou comme trois flocons peuvent paralyser Paris.

Je rallume mon téléphone. Dix-sept heures, déjà ? C'est incompréhensible, je ne sais pas où est passée cette journée. Le soleil se couche, on l'a à peine vu aujourd'hui. Il va bientôt faire nuit. Si seulement j'avais sommeil, j'irais dormir un peu, balayer tout ça avec un rêve ou deux.

Je retente une dernière fois la place Sainte-Marthe, le muret, les copains. Personne. Les auvents vert foncé de la Mission clappent dans le vent. Cette fois j'abandonne. Je rentre.

Je n'ai pas très soif, pas très faim non plus, mais je vais quand même me boire une bière et me trouver un truc à manger avant la nuit. Le Libanais est ouvert. Il me fait signe d'entrer et de m'asseoir. Normalement, il ne me laisse pas trop m'installer, mais la salle est vide, aujourd'hui et il me dit de prendre tout mon temps. On fait un brin de causette pendant qu'il réchauffe mes beignets. Je lui raconte ma dernière découverte. J'ai entendu ça à la radio, son restaurant est pile à l'endroit du gibet de Montfaucon, l'échafaud géant où on pendait pas loin de trente types par jour. Les pauvres étaient pendus au premier niveau, les privilégiés au second. Je lui suggère de garder ça pour lui, s'il veut conserver ses clients. Il se marre en finissant de préparer mon sandwich.

Je me suis installé dans un coin et je mâche lentement, en écoutant le reste de l'émission que j'ai podcastée.

Ça me fait du bien de m'asseoir, de poser mon sac. Je sens mon corps se réchauffer, mes épaules qui se relâchent. Je change un peu d'humeur.

*

Dans le quartier, il y a quelques restaurateurs, et même des commerçants, qui nous aident. On les repère au macaron collé sur la porte vitrée. Dans notre jargon le logotype veut dire : « SDF admis et nourris dans cet établissement ». C'est un signe de reconnaissance, on sait qu'ici on sera bien reçu. Comme les petits dessins, sur la route de Compostelle.

Ça me rappelle ce code secret des gens du voyage et de la misère, les chemineaux comme on disait à l'époque, qui s'est répandu en Europe, puis dans l'Amérique de Jack London. C'était le langage crypté des vagabundos, des hobos, des routards, toute cette population des nomades de la poisse qui vivait de petits boulots dans les fermes. Avant de reprendre la route, ils n'oubliaient jamais de laisser un commentaire pour les suivants, un dessin à la craie, une marque au couteau, cachés quelque part sur la barrière de la propriété.

Les signes signifiaient à peu près tout : *Attention, connard* ou bien *Ici, flic actif*, ou encore *Flic retraité*. Un *T* indiquait *Continue ton chemin*, s'il penchait à gauche et *Barre-toi d'ici le plus vite possible*, quand il tirait vers la droite, une baguette de pain pour *Nourriture*, un homme qui sourit les yeux fermés pour *Docteur* ou un gros chat pour *Ici, femme au grand cœur*.

Il paraît que ces signes existent encore aux États-Unis et qu'ils se sont adaptés à la culture contemporaine. J'imagine déjà les messages : *Végétaliens, carnivores méfiez-vous, Wifi gratuit à volonté*... En France, c'est différent. On n'a plus de langage codé, mais on a un Michelin, le petit *Guide de survie en milieu urbain*, réimprimé chaque année et distribué dans les assos.

C'est ce Michelin du chemineau qui oriente chaque année de nouveaux visiteurs vers la Mission protestante. Le commentaire porte surtout sur les horaires et les services, pas sur la nourriture. Dommage, ce serait rigolo. Je mettrais bien deux étoiles à la Mission. Les plats sont meilleurs que chez les cathos mais les sœurs méritent une étoile parce qu'elles sont gentilles. Si je peux me permettre, la cuisine n'est pas leur fort. Simple et roborative, nombreuses spécialités maison, salade de betteraves, potage de pâtes avec son bouillon-cube, fruit ou compote.

C'est tellement bon que j'y vais le moins possible. Il ne faut jamais abuser des bonnes choses. Mais chez les sœurs, tout le monde squatte pendant les périodes de grand froid : elles font du riz au lait concentré et je ne connais rien de mieux pour vous tenir au ventre toute la nuit.

Dans la rue, à Paris, la nourriture n'est jamais un problème, on peut faire dix repas par jour, si on veut. Il y a les associations, les missions religieuses, les commerces de quartier, les bars sympas, les bennes à ordures et les fins de marché.

Celui qui écrit qu'il a faim sur son petit carton est un menteur. Ou le type le moins démerdard de la planète.

C'est triste à dire, mais c'est la vérité.

C'est l'heure du petit coucher du roi Christian. Comme à Versailles, où il est né.

Je ne me déshabille pas, c'est tout le contraire. J'ajoute des couches de vêtements et quand la température monte dans mon duvet de haute-montagne, je les enlève au fur et à mesure que la nuit avance.

Mais si je me lève pour aller pisser, le choc thermique est dur à supporter, même pour un montagnard.

Le rituel est toujours le même. Je déplie mon matelas maison sur les galets normands, matériel primitif anti-SDF des années 1990. Rien à voir avec ces belles sculptures en cerceaux métalliques conçus par les industriels inventifs des années 2000 ou ces très récents pieux aiguisés qu'on commence à voir un peu partout, bien plus coupants que les piques des grilles des Buttes-Chaumont, où l'idée me prend parfois d'aller dormir au vert. Ce ne sont que des galets coulés dans un lit de béton. Vous croyiez que c'était décoratif? Non, c'est pour nous.

Ce soir, comme tous les soirs, pour être mieux installé sur ma plage, je déploie des trésors d'invention, pose mes deux couvertures sur les cartons, puis mon duvet d'été, ça me fait déjà une bonne épaisseur. Je sens tout de même les galets qui me flinguent le dos, mais c'est toujours mieux que les matelas plastifiés gorgés de pisse de Guantanamo.

Je pense à un lit, un bon lit. Sept matelas de plumes, comme la princesse au petit pois. Le rêve.

Mais ce n'est pas ma priorité. Simplement un luxe de temps en temps, quand on m'héberge. Le lit reste d'une importance secondaire. Un fantasme reste un fantasme.

J'enlève chaussures et chaussettes pour dormir. C'est bien d'aérer un petit peu, quitte à avoir plus froid. Je laisse toujours mon sac de couchage ouvert pour pouvoir me relever rapidement et donner un coup de pied à celui qui viendrait chercher l'embrouille. Avec le déséquilibre qu'impose le muret du renfoncement, je garde l'avantage tactique.

Voilà, le roi est couché. Extinction des feux. Que tout le monde se barre et qu'on lui foute la paix. Je me roule un petit pétard, sinon je ne dors pas. Je l'allume, en même temps que ma lampe de poche et je commence à lire face aux Buttes-Chaumont. Ça tombe bien, c'est là que ça se passe dans mon bouquin : le tome deux de *Vernon Subutex*.

Le héros est un SDF qui dort dans le tunnel qui relie le parc à la petite ceinture. Tout le monde le cherche, mais personne ne le trouve. Moi aussi, je le cherche, je ne l'ai jamais vu, ce Vernon, et le tunnel est désert, de jour comme de nuit. Seulement quelques migrants, l'année dernière, qui ont bougé depuis.

Je savoure un chapitre, puis deux, puis trois. Je fume et je tourne les pages. Je sens mon corps se réchauffer très lentement, mes paupières s'alourdir et le livre qui me glisse des mains.

En remontant la rue Juliette Dodu jusqu'à la rue Vicq D'Azir, je suis passé devant le renfoncement, au coin de l'agence Pôle Emploi. Ah ! Mon spot ! J'en ai eu une bouffée de nostalgie.

Le mec qui a repris ce coin est toujours là et il n'a pas l'intention de me le rendre. Il a arrimé une bâche au-dessus de son matelas et construit tout un mur de cagettes le long du trottoir. Il doit être bien, là-dedans, une vraie petite maison.

C'était un joli coin, avant qu'il ne le colonise. À l'abri du vent et juste à côté de la place Sainte-Marthe. Les salariés de Pôle Emploi m'apportaient toujours un petit café le matin avant que je ne décampe. Parfois, c'était Nassim qui venait me chercher pour qu'on aille faire un tour avant le petit-déj. C'était la belle époque. Chaque spot a son lot de souvenirs.

Mais c'est la règle chez nous. La rue est à tout le monde. J'ai laissé mon renfoncement quelques jours sans surveillance, suffisamment pour me le faire piquer. Tant pis pour moi. Le temps de me trouver un nouveau coin était venu.

*

La nuit, boulevard de La Villette, il n'y a plus que des rats. C'est même l'endroit de Paris où ils sont le plus nombreux. Mais le jour, c'est beaucoup plus dangereux. Surtout devant le Lidl. Tous ces connards qui zonent et s'assomment aux alcools forts. Ils n'emmerdent jamais les passants. C'est à nous qu'ils en veulent. Ils cherchent l'embrouille. Et seulement avec les SDF.

Un jour, ils ont cassé la gueule à Nassim, gratuitement. C'est Sarah qui l'a repêché. Elle a arrêté deux agents de police qui passaient à vélo et elle s'est mise à les insulter pour qu'ils interviennent. Les flics ne faisaient pas les malins devant notre Sarah, déchirée comme un terrain de manœuvre.

Une autre fois, c'est à moi que Sarah a sauvé la mise. Je l'avais invitée à dormir dans mon coin, exceptionnellement. À deux heures du mat', un flic nous a réveillés, et comme je mettais du temps à émerger, je le sentais qui s'énervait, il me poussait le dos du bout de sa chaussure, je n'allais pas faire de vieux os ici. Et tout d'un coup, en regardant à côté de moi, il a changé de ton :

— Sarah ? c'est toi ?

— Bah ouais, qu'elle a répondu, presque en l'engueulant. C'est qui ?

— Merde, je t'avais pas reconnue. C'est Raymond.

— Raymond ? T'es con, tu m'as fais peur. Qu'est-ce que tu fous là ?

— Bah c'est à toi que je pose la question, ma vieille, t'es de retour à la rue ?

— À ton avis ?

Le flic est reparti en s'excusant presque. Il faisait partie de ces bons flics protecteurs qui se prennent de pitié pour les femmes à la rue et qui les protègent.

Je soupçonne une des co-propriétaires de l'immeuble de nous avoir envoyé ce Raymond. Je vois très bien qui elle est. Elle appelle la police tous les soirs. Et pour être certaine qu'ils se déplacent, elle me déclare comme « colis suspect ». L'unique fois que cette charmante voisine m'a adressé la parole c'était pour m'annoncer, tout sourire, que bientôt, à la place des galets, elle ferait mettre des grilles et des piques.

Je n'ai pas voulu l'insulter parce que je suis galant homme, ni lui dire « Va te faire foutre, Madame » comme l'a fait Nassim, le matin où une vieille du quartier l'a chassé de l'impasse en l'accusant d'attirer les rats, non, j'ai plié mon barda et je suis parti bien gentiment.

Je sais que mes jours sont comptés. Je vais devoir bouger très prochainement. Elle a réussi à convaincre la copropriété. Il n'y aura peut-être pas des piques mais au moins un joli bac à plantes. C'est le concierge qui me l'a annoncé, l'autre matin, un peu gêné. Grâce à lui, je suis prévenu, je peux chercher un autre endroit, jouer avec un coup d'avance.

La dernière fois que j'ai dû bouger d'endroit, ils avaient mis une vitre pendant la journée. En allant me coucher, il faisait nuit, je ne l'ai pas vue.

J'ai pris la nouvelle en pleine gueule.

Un matin de 1996, je prenais un café avec un ami du Dragon, le squat qu'on venait d'ouvrir avec les militants de Droit au Logement.

David avait mon âge et on s'entendait bien. La vie fera plus tard qu'il deviendra mon beauf. On voulait participer, lui et moi, à un sommet de l'ONU sur le droit au logement. L'idée était de faire le voyage à vélo jusqu'à Istanbul. On s'était mis cette idée dans le crâne et on ne l'avait plus lâchée. On faisait chier tout le monde avec ça, et tout le monde se foutait bien de nous.

Ils disaient tous qu'on avait trop fumé, et ils n'avaient pas forcément tort. Mais on était sérieux et on se sentait piqués au vif par tous les potes qui nous croyaient incapables de sortir de Paris. On avait trouvé un troisième type pour le voyage, un mec du Dragon qui n'était pas une flèche, mais un très bon cycliste. Et on a commencé à collecter des fonds.

Naturellement, personne ne voulait financer notre voyage, jusqu'au jour où on a reçu un appel sur le téléphone du squat – parce qu'il y avait même un téléphone rue du Dragon. À l'autre bout du fil, j'ai entendu la voix de l'abbé Pierre. Il était prêt à nous aider. Attendri par nos cartes postales, il avait accepté de nous recevoir. Il nous avait donné l'adresse du couvent où il s'était retiré, rue René Coty.

*

Le voyage a duré vingt-trois jours. On est partis de Paris, on a passé les Alpes en train jusqu'à Turin pour aller droit vers le sud. Depuis la botte, à Brindisi, on a pris un bateau pour Patras. La Grèce était très pauvre à l'époque, la dictature des colonels avait dévasté le pays. La route n'était qu'une enfilade de trous et d'égouts à ciel ouvert. On aurait pu mourir mille fois.

À 150 kms d'Istanbul, on s'est perdu à Tekirdag, un bled qui n'existe pas sur les cartes. On n'avait plus un rond, rien à bouffer ni à boire. Le seul type qu'on ait croisé par hasard était un passionné de vélo. Il avait le même âge que nous mais pas la même vie. Il était interne dans un hôpital d'Istanbul et revenait au village pour l'anniversaire d'un cousin. Sa mère préparait le repas, elle nous a invités à partager avec eux un dîner de fête, et on a passé la nuit dans les appartements vacants des instituteurs de l'orphelinat du coin.

Le lendemain, on sirotait un kahvesi, entourés de gosses hilares. Je m'amusais à leur lancer des boulettes de pain qu'ils me renvoyaient. Ça hurlait partout ! Après le petit-déjeuner, on a commencé un foot mémorable. On était près de quarante sur le terrain, et le match a duré une journée entière. On n'avait plus du tout envie de partir.

Quelques jours plus tard, on est arrivés en fanfare à Istanbul, reçus comme des ambassadeurs au consulat de France. Il nous manquait 600 balles pour rentrer à Paris. Les invités en smoking ont commencé à faire circuler un chapeau. On a récolté beaucoup plus que le prix du billet.

On a fait le tour de tous les bars de la place, on est rentrés par le pont de Galata en titubant. Sainte-Sophie, la Mosquée bleue, et tout au bout un dernier bar encore ouvert. La Suisse venait d'égaliser contre l'Angleterre grâce à son attaquant. C'était l'enfant du pays, Kubilay Tükyilmaz. Le bar était calme. J'ai prononcé le nom du joueur et l'ambiance s'est rallumée comme un feu de paille. Les supporters hurlaient, hystériques : « Kubilay, Kubilay ! ».

J'ai mal au dos. J'ai mal au crâne. J'ai mal dormi et pas à cause du froid. Je suis en vrac. Pourtant je n'ai pas beaucoup bu hier soir, ni trop fumé. J'ai les bronches encombrées, une barre brûlante dans la tête.

J'essaie une première fois d'émerger, puis je me laisse lourdement retomber sur le sol. Je sens des gouttes de sueur qui me perlent dans le cou. J'ai chaud, beaucoup trop chaud.

D'une main, j'envoie balader mon sac de couchage pour sentir le froid. La barre à mine que j'ai dans la tête se met à taper de plus belle. Je me hisse sans force et m'assieds contre le mur. D'habitude, le chant des merles précède celui des corneilles, été comme hiver. Aujourd'hui, rien. Juste ce bourdonnement dans les oreilles.

Je sors la bouteille d'eau de mon sac et la finis d'une traite avec deux cachets d'aspirine. Je reste comme ça un bon bout de temps, dix minutes, peut-être vingt, à respirer profondément, yeux fermés. Je combats la nausée. Encore une minute et je pourrai me lever pour de bon.

La vague est passée. Je vais mieux, je crois. Je remballe mon barda et je quitte mon coin. J'enfile mon sac à dos, je commence à marcher. J'ai les jambes lourdes. Mon dos me tire.

*

L'autre soir, j'ai croisé un garçon sous une porte cochère. Avec ses lunettes carrées, ses cheveux clairs, ses joues imberbes, on aurait dit qu'il sortait des jupes de sa mère.

Il portait une pancarte: «Pour acheter de l'insuline». Je me suis tout de suite dit qu'il ne tiendrait pas longtemps. Je ne sais pas si c'est de sa mère qu'il tient son diabète, mais dans la rue, les maladies ou les fragilités héréditaires deviennent fatales. Une femme SDF a beaucoup plus de chances de développer le cancer de sa grand-mère que si elle était bien au chaud dans son appartement. Pareil pour les hommes. Je ne suis pas médecin, Dieu sait, mais je suis persuadé que nos fragilités sont décuplées par notre mode de vie.

Dans la rue, le moindre rhume peut virer au cauchemar. Il faut savoir se surveiller, tout arrêter pour se soigner. L'accès aux soins n'est pas évident, administrativement. On sait qu'un rhume peut très vite s'aggraver, alors, dès les premiers symptômes, on vient se fournir en médicaments, auprès de notre doctoresse bénévole à la Mission.

Sans compter qu'il y a des maladies plus graves qui se développent dans la rue. Des maladies qu'on croyait disparues depuis des siècles, la gale, le tétanos, le typhus, et même le choléra. Le tétanos a repris comme au Moyen-Âge. On fait attention à la moindre coupure, raison pour laquelle je prends toujours ma douche en chaussettes, pas seulement pour les laver.

L'autre fois, je m'étais bousillé l'orteil et ça commençait à dégénérer. J'ai hésité à aller aux Urgences, j'ai bien été obligé. Depuis Vigipirate, on évite l'Hôpital. Le sac à dos est fouillé à l'entrée, ce qui revient à perdre deux heures sans être sûr d'être soigné.

Et pour tout dire, on n'aime pas aller chez le docteur. Encore moins que le commun des mortels. Le plus dur, c'est de devoir écouter la sentence, le bilan des années dans la rue, supporter l'œil sévère et inquisiteur d'un vieux type qui vous reprocherait presque d'être dans la rue. Je n'ai besoin de personne pour savoir que mes jours sont comptés. Je sais que nos organes se dégradent plus vite. Pas besoin d'avoir bac plus 12.

Et quitte à aller chez le toubib, on aimerait le faire sans honte, avec un slip propre et un corps propre. C'est trop humiliant de devoir se foutre à poil dans notre état. Le corps lâche mais pas l'orgueil. Résultat, on évite les médecins.

Prendre soin de soi, c'est le plus difficile. On le sait bien que notre corps est notre seule arme de défense mais moins ce corps ressemble à un corps, plus on ressent le mépris de soi. On finit par se négliger, on s'abandonne, on se laisse pourrir.

Je ne sais pas si c'est l'orgueil ou le dégoût de moi-même qui me pousse, un jour plutôt qu'un autre, à éviter la douche, à garder mes chaussettes deux jours d'affilée ou à ne pas m'acheter un dentier chez le Chinois du coin.

On se laisse vite enfermer dans un cycle. Il faut être aux aguets. L'odeur est le premier indice. L'odeur isole. Je suis vigilant là-dessus mais on ne peut pas empêcher l'haleine.

J'ai la chance d'avoir une bonne condition physique grâce à la montagne et à mon ancien boulot : un sommelier ne s'assied jamais, il passe son temps à descendre et remonter les escaliers de la cave. J'ai encore du souffle malgré les clopes que je m'envoie. C'est plutôt du côté du ventre que ça se dégrade. La nuit je me réveille avec des élancements, j'ai toujours un rouleau de papier dans mon sac, et je choisis mes coins pour leur proximité avec des sanisettes, qui sont désormais ouvertes toute la nuit et ne ferment plus à 22 h. Je ne sais pas quel était l'énarque qui avait décrété qu'on ne peut plus avoir envie de pisser la nuit. Le droit universel de chier tranquille et proprement devrait être inscrit dans la Déclaration des droits de l'homme.

Quand j'ai vu Nassim sur le muret en train d'attaquer une bouteille de Label 5 avant le petit-déjeuner, j'ai tout de suite compris qu'il avait passé une nuit d'horreur. On avait dû l'agresser dans son sommeil. Effectivement, il s'était battu toute la nuit avec sa prostate qui avait fini par lâcher.

Il a hésité au moment tant attendu de l'ouverture des douches. Le corps avait presque vaincu l'esprit, il était sur le point de rester dans cet état. En passant les portes de la Mission, il n'a même pas osé regarder Aldo dans les yeux, tellement il avait honte pour l'odeur.

Cette nuit-là, il a erré comme un fantôme jusqu'à l'épuisement. Il aurait voulu qu'on l'enterre une bonne fois pour toutes, lui et son résidu d'espoir. Il aurait voulu être un objet immobile et sans vie, abandonné sur le trottoir.

Je suis de mauvais poil aujourd'hui, et je ne sais pas pourquoi. Peut-être que Nassim me manque. Ça va faire un mois qu'il est dans sa prison, entouré de blouses blanches. Il tente une dernière fois de sortir de l'alcool. Si cette tentative-là échoue, ce sera la dernière. C'est lui qui me l'a dit.

Il me manque, mais c'est autre chose encore. Je sens une absence plus profonde, ce matin. J'ai comme un trou d'air dans le ventre, un trou noir dans la tête.

Je marche, très lentement.

J'allume mon téléphone pour penser à autre chose. Je tape le code PIN, et là, soudain, je comprends. C'est clair et limpide.

Derrière mon écran pété, je le vois qui me regarde à travers les fissures du verre. C'est l'une des dernières photos que j'ai de lui. Il a les cheveux en bataille, un T-shirt blanc. Il a douze ans et les yeux bleus de sa mère.

Au-dessus de son visage, l'heure et la date : celle de son anniversaire. Il fête ses quinze ans aujourd'hui même, très loin de moi.

Je sors une nouvelle fois mon téléphone. Pas pour l'appeler, non. Si seulement. Je n'ai même pas son numéro. Je regarde le fond d'écran. Je regarde ce fils en pixels et je le serre entre mes doigts. C'est lui qui me soutient dans mes moments de détresse, mais pas l'inverse. Il m'aide à rester heureux.

*

Le psy de la Mission m'a dit une fois que le bonheur était « un rêve d'enfant réalisé à l'âge adulte ».

Quand j'étais gamin, je voulais être astronaute, champion de ski et père de famille. C'était mon rêve. Fonder un foyer avec une femme que j'aimerais et que j'épouserais tout de suite. Je me voyais vieillir avec elle. Je m'imaginais grand-père, une tripotée de marmots sur les genoux. Ma vie devait se terminer dans un fauteuil à bascule. Au lieu de ça, elle a basculé.

Ma femme m'a plaqué à trente ans. À dix ans, j'ai tiré un trait sur mon destin de cosmonaute, à cause de ma myopie. À treize, j'ai renoncé à ma carrière de skieur professionnel à cause d'un accident de parcours : j'étais au stade d'athlétisme avec l'école, un putain de javelot a traversé le ciel comme une flèche pour se planter dans mon pied droit, celui qui porte malheur quand on marche dans la merde.

Depuis, j'ai une barre en titane à la place de la malléole. On m'a toujours dit qu'elle finirait par céder, mais je tiens toujours. J'ai eu du bol, c'est sûr. Si je n'étais pas tombé sur un grand chirurgien, j'aurais sûrement le pied en compote. Sans lui, aujourd'hui, je serais devenu l'un de ces mendiants boiteux qui traînent un peu la patte.

Quelque chose me dit que je me serais retrouvé là de toute façon. La rue, c'est pas mon rêve, c'est mon sort. Je ne sais pas ce que la suite me réserve : la rue décidera pour moi.

*

En montant vers le Belvédère, le plus haut sommet du parc des Buttes-Chaumont, je croise un groupe de petites dames chinoises qui sont venues braver le froid avec leurs anoraks pour faire leur Tai-chi.

Je me force à sourire pour la première fois de la matinée.

Ça va un peu mieux.

J'ai mes petites phases dépressives, comme tout le monde. Ça ne sert à rien d'essayer de les chasser, mieux vaut chercher à les comprendre pour les laisser filer. Le parc des Buttes-Chaumont est le lieu idéal pour ça, un condensé de mon passé et de mon présent. À tout moment, je peux sauter dix ans en arrière et me voir avec mon fils sur la pelouse au bord l'étang. Ça me fait du bien, beaucoup de bien, si je ne m'y attarde pas trop.

En haut du sentier, je traverse le pont qui me mène au Belvédère. Le Pont des suicidés, c'est comme ça qu'on l'appelle. Personne ne connaît son vrai nom. On retrouve parfois en bas un type qui n'en pouvait plus. En passant le pont, je ricane et je dis très fort : « Encore raté. Pas aujourd'hui. »

Le Belvédère est un petit temple à ciel ouvert où tous les Parisiens amoureux sont venus se galocher un jour. Du haut de ma montagne sacrée, je me pose au bord du vide et je regarde Paris. Un rayon de soleil fait rosir le Sacré-Cœur.

Les levers de soleil sont somptueux vus d'ici. Surtout pour un contemplatif comme moi. Ma vie est rapide, violente, mais dès que j'en ai l'occasion, je bloque. Je regarde les arbres qui dansent sous le vent, les oiseaux qui piaillent.

Me foutre sous un arbre et méditer pendant trois jours.

Dans une autre vie, peut-être.

Il y en a souvent, des mecs qui abandonnent et qui se balancent sous le métro. C'est un mode opératoire courant chez les SDF, rapide, efficace, à condition de sauter sans hésiter. Mais il y a aussi des façons moins communes d'en finir.

L'année dernière, un jeune de vingt ans s'est pendu à un des arbres du Parc. Il voulait une mort pas comme les autres. Il voulait qu'on parle de lui. Je n'ai jamais compris son geste. J'étais choqué. À vingt ans, tu te bats, tu mets la mort de côté. Mais, après tout, ça ne me regarde pas.

Dans la rue, ce sont plutôt les vieux qui abandonnent, qui baissent les bras, de guerre lasse. S'ils ne trouvent pas le courage de le faire, le corps fait le boulot à leur place. Le cerveau les abandonne, ils deviennent séniles. Un suicide par débranchement.

J'ai un ancien ami de mon âge, Andrei, qui est devenu un petit vieux en une semaine. Je parle de lui au passé parce que je le reconnais à peine quand il revient sur la place. Il a besoin du mur de la Mission pour tenir debout. C'est un revenant. Personne ne sait ni comment, ni pourquoi il est encore en vie, ressuscité comme Lazare, le frère de Sainte Marthe. J'ai entendu dire par d'autres résidents de son foyer qu'il est abandonné à lui-même dans sa chambre, il se pisse dessus, et ne sait même plus faire sa toilette. Sa place est à l'hôpital et on le laisse crever comme un chien.

Avant de péter un câble, Andrei faisait des petits boulots dans le quartier. Il était électricien dans sa vie précédente, il dépannait pas mal de voisins. Maintenant, il n'est plus capable de rien. Il ne connaît plus que deux mots : « Cigarette ? » et une insulte polonaise qu'il sait encore à peu près bien prononcer : « Kurwa match... Kurwa match... Kurwa match... ». Il bredouille ça en rythme. Un courant alternatif dans son cerveau ? Nous sommes tous des circuits électriques en surchauffe.

*

Mais il y a pire que le pétage de plombs, le basculement dans la folie pure et dure. La rue est pleine à craquer de fous furieux. Les plus tarés sont dans des cliniques ou des centres. Les moins dangereux sont abandonnés à eux-mêmes et vivent avec nous.

Exemple, cet ancien esclave d'Abu-Dhabi devenu accro aux PMU. L'année dernière il a fumé un truc qui l'a envoyé quinze jours à l'hôpital mais je crois que son cerveau était grillé avant ça. Au moins, il a eu le droit d'être soigné. Mais peut-être un peu tard ou pas assez longtemps. Ce qu'il dit est complètement absurde, ses mots se télescopent, il épelle des phrases à l'envers. Pour le comprendre, il faudrait un décodeur, raison pour laquelle je l'ai surnommé Canal+. Quand il gueule trop fort et me prend la tête, j'attrape une télécommande imaginaire et je baisse le volume. Mais le seul qui parvienne à le calmer, c'est un autre fou, un SDF de mon âge, qu'on a vu plonger en moins de six mois. Son truc à lui, c'est de parler aux arbres. L'homme qui murmurait à l'oreille des platanes.

Quand Canal+ est là, il lui offre un peu de sa bière en échange d'un cigare. Ils s'assoient tous les deux et discutent des heures dans un charabia de dyslexiques. Peut-être qu'ils se comprennent, après tout. Peut-être qu'il existe des passerelles entre leurs deux folies. Un jour, qui sait, je serai sur le banc pour me joindre à la conversation.

On vit tous sous la même menace. Ça peut prendre deux, cinq ou dix ans. Rarement plus. C'est ce qui nous attend.

Je vous l'ai déjà dit, j'étais un peu militant, quand j'avais vingt ans. Je m'intéressais au Droit au Logement.

J'avais rencontré un petit groupe d'activistes. Ils m'avaient vite repéré : lors des négociations avec les flics ou les élus, j'étais le plus bavard. Un de ces petits-bourgeois m'avait même dit que j'étais un jongleur de la dialectique, ça m'avait fait plaisir. Alors, quand une nouvelle branche, le « Comité des sans-logis », a été créée pour reloger les célibataires, ils ont pensé à moi pour mener la mission à bien.

C'est à cette période que j'ai rencontré Romain. J'ai senti qu'il était tout ce qui me manquait pour vivre mon aventure parisienne, un mentor, un gourou. C'est par lui et avec lui que je me suis construit. Je le suivais partout, j'étais son ombre. J'avais une confiance aveugle en lui. Je l'ai aimé plus qu'un frère. Un frère un peu irresponsable, cela dit. J'avais vingt ans et lui quarante, mais ça l'empêchait pas de m'initier à ses conneries.

Il était de retour à Paris depuis quelques années, où il était connu comme le loup blanc. Dans les années 1980, il s'était engagé avec le PC dans le conflit libanais. L'idée, à ce qu'il disait, était de s'approcher au plus près des producteurs d'héroïne. Sans le vouloir, par un système d'alliances en dominos, il s'est retrouvé rallié aux phalangistes chrétiens et enrôlé pendant quatre ans dans une croisade de tueurs. Au bout d'un certain temps, il est devenu l'un des chefs phalangistes et a négocié son retour auprès des autorités françaises. Il avait conclu un deal très suspect, il passerait les douanes de Roissy en possession de deux kilos d'héroïne et d'une Kalach, sans passer par la fouille. Romain était un roman.

Il ne m'a jamais fait tomber dans sa came de merde. Un soir seulement, dans un squat, il m'a proposé un fix, mais j'ai refusé. Je ne voulais rien m'injecter dans les veines. À l'époque, ma connaissance des drogues se limitait au cannabis et aux champignons que je ramassais sur les hauts plateaux suisses. Je ne connaissais rien à la «poussière d'étoile». J'ai fini par céder, quand il m'a proposé d'en fumer. Ça m'a excité un peu, puis ça m'a fait piquer du nez. Je n'ai plus jamais recommencé.

On faisait les quatre cents coups, lui et moi. Je me souviens d'une nuit grandiose, à la Cartoucherie, quand le théâtre d'Ariane Mnouchkine nous avait prêté ses locaux pour loger des sans-papiers. Les mêmes sans-papiers qui seraient expulsés manu militari de Saint Bernard quelques semaines tard. On dormait dans ce lieu de rêve, fabriqué pour des grands enfants comme nous, à la lueur des lampions et des bougies. Pendant que les familles dormaient, on s'était levés discrètement. On était comme deux gosses dans le dortoir du pensionnat, prêts à se pisser dessus d'excitation. On avait soif et on avait repéré la buvette du théâtre. Avec mon couteau, j'ai forcé le cadenas. Rentrer dans le bar désert, au milieu de la nuit, juste lui et moi, c'était comme pénétrer dans un rêve. La fête fut silencieuse. Le lendemain, en complices inséparables, on accusait sévèrement les chargés de sécurité du DAL, pas méchants mais très cons. Ils se la jouaient un peu shérifs avec nous, et faut dire qu'on les emmerdait bien. On les a désignés auprès d'Ariane Mnouchkine, qui cherchait un coupable.

Une autre fois, pendant la période d'occupation de la mairie du XXe arrondissement, à la caisse de la petite épicerie de quartier, on est tombé nez à nez avec les CRS chargés de surveiller notre manif. Ils avaient acheté une cargaison de 1664 pour toute la compagnie, qu'on a fini par partager au cul de leurs camions. Ils se plaignaient d'une mesure du ministre de l'Intérieur de l'époque, Charles Pasqua, devenu soudain très impopulaire. Le premier flic de France avait osé interdire le whisky à la cantine. Il ne restait plus que le pastis. Normal, Pasqua avait bossé chez Ricard. On en a bien rigolé avec eux.

Romain savait comment fraterniser avec n'importe qui. Une des choses qu'il faisait souvent, et qu'il faisait bien, c'était de parler avec tout le monde sans faire le tri: œil pour œil, d'homme à homme.

*

Lorsque les mecs du DAL ont commencé à chercher un nouveau lieu pour se caser et organiser les actions du mouvement, ils sont venus nous voir, Romain et moi. Le problème, c'est qu'on savait à peine par où commencer et même les plus rodés avaient du mal à dénicher un coin.

Il nous restait Grand Gilles, notre joker, le grand-père de rue. Un soir, on a donc sauté dans un métro, direction Saint-Germain-des-Prés, et bien sûr Grand Gilles avait quelque chose à nous proposer. La veille, il était passé dans la rue du Dragon et avait remarqué que l'ancienne école communale était en travaux. Une société d'assurances venait de l'acheter.

Il a proposé de nous emmener là-bas, une fois sa bouteille de Villageoise terminée. Romain et moi, on trépignait sur place. On sentait bien qu'on était sur le point de dégoter le gros lot.

La rue du Dragon était calme. À côté de la porte d'entrée de l'école, une vieille plaque indiquait que Simone de Beauvoir était passée par-là avant nous. Grand Gilles allait commencer son baratin sur cette grande femme qu'il croisait très souvent lors de ses promenades nocturnes dans la rue de Rennes ou vers Montparnasse, mais Romain était trop excité pour le laisser terminer.

D'un joli coup de pied, il a fait exploser une fenêtre en mille morceaux. C'est bien la première fois, je crois, qu'il a coupé la parole à Grand Gilles. Il est passé en premier, moi en second. Grand Gilles faisait le guet à l'extérieur, avec sa deuxième bouteille à la main.

On s'est engouffrés dans un grand couloir sombre. Romain a sorti sa lampe de poche à la recherche du compteur électrique. Moi, j'étais chargé de vérifier les points d'eau.

J'ai tourné un robinet et, miracle, la flotte a coulé. Je n'en revenais pas. Non seulement l'eau fonctionnait, mais en plus les ouvriers avaient laissé le chauffe-eau en état de marche. Je me suis rué hors des chiottes pour annoncer la nouvelle au grand frère et c'est là que j'ai vu, d'un coup, toutes les lumières s'allumer. À l'autre bout du couloir, j'ai entendu un cri de joie.

Le Dragon était né.

En moins d'une semaine, le squat était opérationnel. On avait fait venir tous les militants du DAL, tous les sans-abri, tous les sans-papiers volontaires de notre réseau. On ne manquait pas de main-d'œuvre.

Dans cette vieille école pour jeunes filles rangées, il y avait assez de place pour loger deux cents personnes. Une fois réhabilité, le bâtiment de droite accueillait les familles, le bâtiment de gauche les célibataires et les bureaux. Les premières semaines, les hommes, les femmes et les enfants arrivaient avec leurs valises. On leur expliquait les conditions de base : propreté, respect des lieux, vie en communauté. Dans un squat, il y a toujours des règles et un groupe pour les faire respecter. Les premiers arrivés ordonnent et les seconds obéissent. C'est la loi de la rue.

*

Le bouche à oreille a fonctionné et, en quelques mois, le Dragon est devenu le squat le plus connu de Paris, avec trente-deux familles, vingt-quatre célibataires et tout un paquet de stars. Il y avait toujours une caméra pour filmer nos soirées-concerts ou nos universités d'été, avec Catherine Ringer, Albert Jacquard, Léon Schwartzenberg, Jaques Higelin… Au bout de six mois, le lieu connaissait une telle affluence qu'on a dû l'agrandir.

C'est à ce moment-là que j'ai fait la connaissance des dessinateurs Siné et Wolinski. Le *Charlie-Hebdo* de cette génération était en pleine galère financière et avait besoin de locaux. Le journal est donc venu s'installer au Dragon. Je traînais souvent avec Tignous. Comme Romain, il avait un contact privilégié avec les gens, c'était quelqu'un de très humain. C'était aussi l'un des rares mecs au monde qui pouvait me dire de fermer ma gueule quand je l'ouvrais un peu trop. En tout cas, il ne m'a jamais laissé tomber. Il a continué de m'appeler, lui, lorsque je me suis retrouvé à la rue.

Tignous est la seule personne qui ait réussi à me tirer du lit, un jour, quelques semaines seulement avant mon expulsion. Il m'a emmené dans un bistrot de la rue Diderot où l'attendaient tous ses potes. Je me suis marré avec Charb, avant de me prendre la tête avec Wolinski parce que je lui avais dit qu'il était vulgaire. Tignous nous a séparés en nous disant de fermer nos gueules et on s'est tous pris un dernier verre entre fortes têtes avant de rentrer chez nous. Si j'avais su que c'était l'apéro de la dernière fois, peut-être que j'aurais payé une tournée supplémentaire.

Tous ceux que j'ai connus à l'époque du Dragon ont disparu les uns après les autres, à commencer par ma femme que j'ai rencontrée là-bas lors d'un concert. Tout est allé très vite entre nous et on faisait déjà des plans sur la comète. J'ai enterré ma vie de militant en l'an 2000. J'ai commencé ma grande illusion, Vanessa.

Romain est mort dans la foulée. À cette époque, sans le savoir, il avait déjà partagé trop de seringues. Il avait déconné depuis le début. La trithérapie était primitive à l'époque, les traitements très lourds. Il a tenu longtemps. Je suis resté seul avec lui jusqu'à la fin, le 15 octobre, jour de mon anniversaire. Je l'ai enterré à Thiais, au Carré de la fraternité.

Avant de mourir, Romain a eu le temps de vendre des récits imprimés de toute son histoire. Il vendait ça dix ou vingt francs dans les squats parisiens. C'était un vrai roman. Qui sait où doivent traîner désormais les bribes écrites de cette vie ? La vie extraordinaire d'un SDF banal qui « piquait du zen », ignorant tout du virus qui commençait à peine à se faire connaître. Ça vaudrait de l'or si on en retrouvait un exemplaire.

Dans les derniers mois du Dragon, l'évêque d'Évreux, Monseigneur Gaillot, est venu s'installer avec nous. Il venait de se faire sanctionner par Jean-Paul II pour ses propos sur le préservatif, en pleine crise sanitaire et médiatique du SIDA. Pour célébrer son arrivée, il avait organisé une grande messe au Dragon. On y était tous conviés et on a tous participé, croyants ou non. Le culte ressemblait davantage à un immense concert. L'évêque n'avait rien pour la communion : pas une goutte de vin pour cette messe à demi païenne. Il n'a pas eu besoin de chercher bien longtemps. L'homme de la situation s'est approché en titubant de l'autel. Grand Gilles a rempli le calice de piquette et sauvé la cérémonie.

C'était la dernière fois que je le voyais. Quand il est mort, les habitants de Saint-Germain ont accroché des fleurs à sa cabane et les enfants ont déposé des peluches et des bougies. Tous avaient grandi avec lui et perdu un grand-père.

Passé un certain âge, les vieux clochards deviennent des légendes. Aujourd'hui, place Sainte-Marthe, il y en a une poignée. Le plus connu est « Monsieur le Maire », le vieux guinéen qui se saoule au mousseux et passe l'hiver chez une dame du quartier.

Ici, les vieux se serrent les coudes. SDF ou non, ils vivent tous plus ou moins dans la précarité. Ils sont tous plus ou moins au bout du chemin. Égalité et fraternité devant la mort. Beaucoup d'entre eux viennent prendre leurs repas à la Mission, comme Suzanne qui ne rate jamais un service. Elle vit à l'hôtel et passe ses journées au bras de son vieil ami. Elle lui a souvent proposé de s'installer chez elle mais il refuse, toujours. Il préfère la rue. Après le premier service, il la raccompagne jusqu'à son hôtel en lui tenant le bras et il part se coucher, jamais très loin. La vieillesse les a rendus inséparables.

Égalité, fraternité... J'ai oublié le troisième. Liberté, c'est ça. Un mot qu'on ne prononce plus, dans la rue, tellement c'est évident. La liberté, c'est tout ce qui nous reste. À y bien réfléchir, ça n'a pas grand-chose d'enviable.

Ils sont rares, ceux de la vieille école qui ont fait le choix de rester à la rue. On respecte sans vraiment comprendre.

Je me suis battu toute ma vie pour le droit d'être logé. Aujourd'hui, après trois ans de survie sur un trottoir, je perds espoir. Je fais déjà suffisamment d'efforts pour sauver ce qui reste de mon humanité. Ma liberté, je vous la laisse.

En rejoignant mon camp de base, je marche lentement, au rythme de la musique. Dans mes oreilles résonne la voix du chanteur des Pogues, un sans dent, comme moi. Arrivé place Sainte-Marthe, la pluie a repris de plus belle, et je n'ai plus un poil de batterie. La mission est encore fermée pour une heure, j'entre dans le café qui vient d'ouvrir. Je suis le premier client de La Sardine.

Je sais que je vais pouvoir recharger mon téléphone. Derrière le comptoir, il y a des câbles pour tous les types de portables. Je laisse le mien à la jolie serveuse et je commande un café. Je décroche ma maison de mon dos et je la pose sous une table, près du radiateur.

Je suis le seul à oser entrer à La Sardine. Les autres sont gênés, je ne sais pas pourquoi. Moi, ça ne me dérange pas du tout, et les employés non plus. Et de toute façon, à cette heure-là, il n'y a aucun client.

À demi perdu dans mes pensées, j'entends la clochette de la porte qui tinte. Je tourne machinalement la tête sur la gauche et mon regard se pose sur le drôle de type qui vient d'entrer. Il me reluque avec insistance, et je le passe au radar.

Avec son vieux pardessus noir, son parapluie râpé, son pantalon de tweed usé, je vois du premier coup d'œil que c'est un clochard. Mais d'un genre un peu spécial. Il s'avance, me tend la main et me dit en anglais, avec un accent écossais à couper au couteau, qu'il m'a vu sur CNN le mois dernier.

Il me félicite. Je le remercie dans sa langue et l'invite à s'asseoir.

Il me pose des questions au sujet de la Mission et note toutes mes réponses sur son carnet : les horaires d'ouverture, de fermeture, les consultations chez le médecin, l'accès au vestiaire. Une autre mission, où il se réfugiait, vient de fermer. Il cherche un nouveau port d'attache.

Il me donne des nouvelles d'Outre-Manche. À Londres, la semaine dernière, le thermomètre est tombé à -20 degrés. Le froid a emporté vingt-cinq SDF en quelques heures.

« *This is England, man ! So fucking hard !* »

Je savoure cette petite causerie entre *homeless gentlemen*.

Il me dit pourquoi il a fait le choix de venir survivre en France. J'apprends que je suis mieux loti que nos cousins anglais. À Londres, le métro est inaccessible, surveillé à chaque station par des contrôleurs. La mendicité est interdite. Les squats n'existent pas. L'occupation de logements vacants est passible de prison ferme.

L'élégant écossais me raconte que les urbanistes londoniens sont encore plus imaginatifs qu'à Paris pour tout ce qui concerne les dispositifs anti-SDF. À Camden, les anciens bancs ont été supprimés et remplacés par de nouveaux, en forme de lignes sinueuses et discontinues. Mon nouvel ami me fait un dessin dans son petit carnet, on dirait du Dali. Impossible de s'allonger sur ces bancs sans avoir la moitié du corps dans le vide. Je lui explique qu'à Paris on est plus radical. Les vieux bancs verts sont déboulonnés les uns après les autres mais jamais remplacés. Sale temps pour les amoureux.

Il me dit qu'à Londres, les SDF sont chassés du centre-ville et qu'ils doivent se cacher, à l'écart des lampadaires, tout le long de la Tamise. Sur un des canaux, certains vont même jusqu'à installer des tentes sur des canots pneumatiques.

« La nuit, à Londres, il n'y a pas que le froid et la pluie qui t'empêchent de dormir. Les flics sont tout le temps derrière toi pour te déloger. Et les habitants participent à la traque, c'est presque impossible de dormir plus d'une heure ou deux d'affilée.

Tout ça, conclut-il, est une question de valeurs: *If you are a loser, you are a loser*. C'est la morale du travail et de l'argent, un système sans pitié. Depuis quelques années, si la police te trouve, elle peut t'infliger une amende de 100 livres sterling. En cas de non-paiement, l'amende est multipliée par dix. Les autorités savent que les SDF ne peuvent pas payer, alors l'idée, au fond, c'est de les envoyer en taule. Comme au bon vieux temps, on aimerait bien régler ce problème en raflant le tout et en envoyant ça aux galères, ou vers l'Australie, la terre d'accueil des indésirables d'Angleterre. Comme il n'y a plus de colonies, ils doivent régler leur problème sur place. »

Comme mon nouvel ami a parlé d'Australie, on se met à faire un tour du monde des SDF. Il évoque les 60 000 homeless de New York, je lui raconte ce que je sais de l'Allemagne où la prise en charge est, paraît-il, mieux organisée: les gares ouvertes toute la nuit, les chiens acceptés dans les centres d'hébergement. À partir d'une certaine heure et quand le thermomètre passe en dessous de zéro, la police ratisse tous les arrondissements et embarque tout le monde de gré ou de force. C'était pareil en France dans les années 1900. Toute la cloche parisienne était emmenée à Nanterre. Pas très humain comme méthode, mais au moins, ça démontrait une volonté politique de régler le problème. Déjà une tentative de réponse. Aujourd'hui, rien ne se tente, rien ne se crée, les gens crèvent tout seuls. L'abandon social fait partie de nos vieilles sociétés, de plus en plus riches, de moins en moins solidaires. Les États sont devenus des vieillards séniles, avares et méchants, effrayés par leur mort annoncée.

Peut-être qu'un jour, je partirai au bled avec Nassim. On aura moins froid. On aura de quoi se nourrir sans problème, surtout le vendredi. On recevra tellement de pains qu'on pourra les revendre à moitié prix chez l'épicier du coin. Ça financera le tabac et le shit pour remplacer la bouteille. On sera pauvres, mais on dormira à la belle étoile et on pourra rêver.

Le vieil Écossais regarde sa montre. La Mission va ouvrir. Il voudrait bien y jeter un coup d'œil. Il se lève et sort son portefeuille, rempli de pièces jaunes. Je l'arrête, je sors deux euros de ma poche et je fais tinter la pièce sur le zinc pour nous deux. La serveuse allait sûrement nous offrir les cafés, mais payer moi-même est un petit plaisir dont je ne veux pas me priver.

— C'est délicieux, dit la fille derrière moi.

— Oui, et en plus, c'est de saison, commente son amoureux.

Personne n'a fait gaffe à ce couple, à part moi. Ils se croient au resto ? Merde, ils sont à deux doigts de prendre les gamelles en photo pour les poster sur Instagram. Mon radar m'indique que j'ai affaire à des intrus.

C'est pas ce qui manque, à la Mission : des crevards qui viennent profiter d'un repas gratuit en prenant la place d'un autre.

J'en connais même un qui vient souvent dîner avec ses baskets de marque et ses chemises bien repassées. Avant de rentrer, il attache trois cadenas à son vélo de course. Comme j'avais un doute sur ce mec depuis longtemps, j'ai fait des recherches sur mon téléphone. J'avais vu juste : sa bécane coûte 4000 euros ! Depuis ce jour, quand il me demande une clope, je l'envoie bouler ; et je lui cracherais bien volontiers à la gueule.

Cela dit, le couple d'intrus a raison : la qualité des produits s'est fortement améliorée depuis que la loi anti-gaspillage est passée. Au foyer Emmaüs de la rue Bichat, on a des sandwichs « Prêt-à-manger » faits le jour même. L'autre jour, j'ai eu droit à un club pastrami-cresson, avec un thé à la menthe en prime.

Une autre fois, je suis allé dans un restaurant trois étoiles spécialement conçu et créé pour les SDF. Le restaurant, qui est tenu par deux chefs italiens, s'appelle *Le Refettorio* : il est situé dans la crypte de l'église de La

Madeleine. Ça vient d'ouvrir. Les menus sont à 1 euro pièce. On est reçus comme des princes. À l'entrée, une hôtesse prend nos gros sacs et nos vieux manteaux, puis le maître d'hôtel nous mène jusqu'à une table ronde, drapée de blanc. Il allume une bougie à côté du bouquet de fleurs. On fait semblant de vivre dans ce monde-là, on se prend au jeu. On se tient droit, on met la serviette sur les genoux, on mange lentement et avec raffinement. On ne sait plus trop où on est, et je crois que c'est le but du jeu.

Le menu est unique, et les assiettes dressées à l'avance. Saumon fumé, navarin d'agneau aux légumes, figues pochées pour le dessert. On croit rêver, sous les voûtes de la Madeleine, on dîne étoilé. Pour se nourrir à Paris, au temps d'Orwell, il fallait rentrer dans les églises et se mettre à genoux, faire semblant de prier en échange d'un morceau de pain avec un peu de margarine.

Orwell a écrit un livre à la fin des années 20, dans sa période de dèche, *Down and out in Paris and London*, où il raconte son expérience de fauché clodo. Je l'ai prêté à Nassim, il a lu dix pages et il me l'a rendu. « Trop vrai », il m'a dit.

Je finis de saucer avec mon bout de pain et je file. Je recharge mon portable encore quelques minutes, j'ai un peu de marche jusqu'aux Buttes-Chaumont et je dormirai enfin dans mon purgatoire. Je rêverai d'Eve nue, chassée du paradis en plein hiver, elle tombera dans mes bras.

Demain, je lui achèterai un manteau de fourrure. Je l'emmènerai dîner à la Madeleine, on prendra des figues pochées. Elle aimera ça.

Je prends un ticket pour les douches à la Mission. J'ai le numéro 10. Comme Zizou. Il n'y a que neuf personnes avant moi, ça ne devrait pas prendre trop de temps. Autour, il y a du mouvement. Le petit déjeuner avalé, les premières bouteilles de rosé commencent à tourner.

L'alcool est partout. Il fait partie du quotidien. Il est en nous, autour de nous, à portée de main. On s'encourage à boire, les uns les autres, comme tout Français qui se respecte.

Le rosé, c'est à la mode dans la rue, parce que ça excite, comme le blanc (mais le blanc est plus cher), là où le rouge endort. Sur la place, il y a toujours une bouteille de Pelure d'oignons qui traîne, à disposition de qui veut. Moi, je n'y touche jamais. Ça me fout le ventre en vrac. Je me limite à la bière – « c'est pas de l'alcool », comme disent les Allemands. Et au shit – « c'est pas de la drogue », comme disent les Hollandais.

Je suis le seul mec sain de la Place. Je suis exemplaire.

Anne-Lucie marche dans ma direction. Entre les narines, elle a un gros cadenas à clé. On la surnomme le Minotaure.

Fétichiste du métal, elle porte toujours à son cou une chaîne avec deux boules de pétanque. Un jour, elle m'a annoncé, surexcitée, qu'elle allait se faire opérer des yeux, les faire remplacer par des billes en titane.

— Ça va ma belle, on se fait une pétanque ?

— Je t'emmerde ! J'ai envie d'pisser ! Tu sais pas où j'peux aller pisser ?

— Va à La Sardine, et demande-leur gentiment, comme tu sais le faire...

— Ta gueule ! J'te laisse ma bière ! T'y touches pas, hein ?

— Non, t'inquiète, ma belle, je vais pas y toucher.

Anne-Lucie ne boit que de l'Amsterdam à 11°6. Même le plus gros soûlard de la place ne toucherait pas à ses canettes.

Et, de toute façon, chacun sa bière. La bière du SDF doit être forte, immédiatement accessible, d'un prix attractif. Les grandes marques ont donc marketé des produits sur mesure. Cette industrie-là connaît très exactement sa clientèle.

Le classique, c'est la 8,6, première marque a avoir innové dans la bière forte avec « L'Originale », qui reste la plus populaire. Ensuite, on peut décliner toute une gamme. Il y a la « Red » avec plus de sucre et qui fait décoller plus vite, la « Gold », l'« Absinthe ». Que des cirrhoses en canette, concoctées avec amour rien que pour nous.

Ah, j'allais oublier la 8,6 « Extrême », exactement le même goût que « L'Originale », mais avec deux degrés de plus. Pour les braves.

Moi, je n'en suis pas encore arrivé là. Le SDF qui veut se payer ça tous les jours est obligé de faire un peu la manche. Personnellement, j'évite. Ma bière, c'est la Royal Club 7° à 0,99 centimes. Quand je me suis retrouvé dans la rue, je me suis tourné vers la bière la moins chère, celle que je continue à boire depuis, par habitude. Comme pour le tabac, on est nombreux à rester fidèles à une marque.

Au-dessus, il y a les alcools forts à prix réduit, pour peu qu'on cherche à se coller une mine radicale, les petites bouteilles en version flash. Elles sont toutes au même prix : whisky, tequila, rhum blanc, rhum brun. Ça non plus, je n'y touche pas. Ceux qui carburent à la mignonnette meurent plus vite.

*

Quand je vais acheter mes bières, je marque toujours un arrêt devant les bouteilles de vin de l'étalage du haut, une déformation professionnelle. Je passe devant le Petit-Chablis, vin sec et vulgaire. Si j'avais les moyens, je commencerais par ce Pouilly-Fuissé qui me fait les yeux doux, puis je continuerais avec ce gentil Sancerre, pour le déjeuner – j'ai une passion secrète pour les vins du Berry et du Beaujolais. Ensuite, j'attaquerais un Gevrey-Chambertin. Et le soir, je me terminerais au Cheval Blanc dans un beau verre de cristal.

Un des types de la place me propose du rosé. Je refuse et j'ouvre ma première bière. Le vin est la passion dont j'avais fait mon métier. Mon penchant pour l'alcool m'incite à ne pas trop en boire. Le vin reste un domaine réservé que j'entends déguster, décrire et partager. Je le protège de mon ivresse.

Je pense à Nono, mon frère de rue qui a disparu pour les vendanges en septembre et qui n'est pas revenu depuis. Champagne, Chinon, Gewurztraminer, Bordeaux, Côte du Rhône, Nono a sillonné et vendangé toutes les vignes du pays avec d'autres ouvriers agricoles, saisonniers, nourris-logés, et avinés. C'est un devoir moral pour chaque sans-abri de participer, au moins une fois dans sa vie, aux vendanges. C'est comme un pèlerinage, un rite obligatoire, à la fin de l'été.

Nono est encore jeune. Je ne m'inquiète pas pour lui. Il doit être quelque part entre Bordeaux et l'Alsace. C'est un punk à chien, éternellement en voyage. Il peut disparaître et réapparaître à tout moment.

Dans le monde des punks, les codes varient légèrement. Les groupes, les communautés, et même les couples sont plus fréquents. Certains s'installent dans des squats, ils ont été à la rue très tôt, partis de chez eux quand ils étaient encore mineurs. Ils refusent le système, l'appart, le loyer, le métro-boulot-dodo. On pourrait les prendre pour de grands enfants, mais ce sont ceux qui apprennent le plus vite. Ils viennent majoritairement de province et beaucoup y restent, d'ailleurs. Dans toutes les villes de France, il y a ces types et ces filles qui vivent au côté de leur animal. Le chien est tout pour eux: le conjoint, le protecteur, l'ami.

Ils font la manche ensemble, et quand la situation financière devient trop précaire, ils bougent, ils migrent vers une autre ville, avec leur chien. Chaque maître a sa propre histoire avec son chien, il l'a adopté quand il était petit, il l'a sauvé de la mort. Dès le début un lien se crée. À la base, un SDF adopte un chien pour avoir un compagnon de route, un frère de rue fidèle à en crever. Les avantages viennent ensuite, bien sûr. Le chien te tient chaud en hiver et peut te défendre contre d'éventuels agresseurs. J'en ai connu qui ne savaient pas mordre, parce que leurs maîtres ne leur avaient pas appris à se battre mais à se laisser caresser par les passants, à s'habituer à la présence des inconnus. Enfin, c'est vrai, les flics hésiteront peut-être à te foutre en gardav' si tu es accompagné d'un clebs, mais ça aussi ça n'est pas automatique. Si le flic veut vraiment t'embarquer, il ne va pas se gêner, il te séparera de ton frère et l'enverra dans un chenil pendant la garde à vue.

Il peut arriver que les chiens changent de propriétaire, surtout quand les maîtres passent par la case prison. Le clebs doit être éduqué pour ça, il arrive à tenir parce qu'il connaît ses nouveaux propriétaires. Celui qui souffre le plus dans ces moments-là, c'est le maître en prison qui ne pense qu'à son chien. Il voudrait bien lui dire qu'il n'a pas rompu le pacte d'amitié. Qu'il ne l'a pas abandonné.

À moi aussi, Nono a laissé son chien pendant toute une semaine, quand il est parti en Alsace pour vendanger. Ça s'est très bien passé. J'étais rassuré la nuit, avec ce molosse. Mais c'est du boulot. Il faut le nourrir, s'en occuper. J'ai compris que je n'aurais jamais d'animal de compagnie. Je n'en ai pas les capacités, à ce stade de ma vie. Pour pouvoir gérer un autre être vivant, il faut d'abord savoir gérer sa propre survie.

Je ne suis pas un punk à chien, je n'appartiens pas à cette caste de rue, mais je me sens proche de ces types-là. Je les comprends, je les apprécie et je les respecte. Ils me rappellent les *travellers* que je croisais dans les années 1990. Des Anglais, des Hollandais, des Allemands suréquipés qui faisaient le tour de l'Europe en camionnette. Ils mixaient dans les campings des festivals. C'est avec eux que j'ai appris à jouer du djembé sous acide et que j'ai appris à aimer la nuit. À cette époque, je croisais beaucoup de jeunes SDF de mon âge. On n'était pas encore du même monde mais on se comprenait. Beaucoup d'entre eux venaient de Paris, de Bretagne ou de l'Hérault. Ils bougeaient pendant l'été, de festival en festival, de Chalons à Aurillac, de Lorient à Avignon, La Rochelle et naturellement le Printemps de Bourges. Fin avril, toutes les grandes villes de France se vident de leurs punks à chiens. Ils sont à Bourges. Ils reviennent en septembre, une fois les vendanges et la braderie de Lille terminées.

*

Quand je m'intéressais politiquement aux mal logés, sans imaginer que je pourrais le devenir moi-même un jour, je sillonnais la France avec les militants de Droit au logement. On commençait par les villes réputées peu accueillantes pour les SDF, qui envoient leur police municipale à la charge et coupent l'eau des fontaines publiques en espérant que ça les chassera du centre-ville, comme Nice ou Menton.

Ensuite, on finissait l'été en douceur, dans les villes réputées accueillantes : Rennes, Rochefort, Besançon, Tarbes et Pau. Chaque fois, après s'être installés dans un squat éphémère, on faisait venir les saisonniers comme nous, et même des gens du coin. Le squat filait droit, sous l'égide de Babar, le patron du DAL, qui connaissait le job. C'était le roi des éléphants roses et le fils naturel du premier interprète du commissaire Maigret à la télévision. On repérait des danseurs, des jongleurs, des cracheurs de feu. Moi, mon truc, c'était la craie de rue. On formait une petite troupe hétéroclite pour l'été, on improvisait des spectacles.

Un soir, à Montpellier, j'avais passé l'après-midi à dessiner une scène à la craie en deux dimensions, tout en couleurs, douze mètres sur trois. Les danseurs et les jongleurs serpentaient entre les visages d'hommes et les têtes d'animaux, et Surcouf, comme toujours, crachait du feu. Un groupe de punks était là, l'un avait un perroquet sur l'épaule. Je m'appuyais contre la fontaine, au milieu de tout ce beau monde, je profitais du spectacle.

D'un coup, c'est comme une éclaircie. Il est trois heures pile, l'heure de ma deuxième bière. Le soleil se déploie, un carré de ciel bleu se forme, juste au-dessus de la Place. Au même moment, un grand boxer blanc me saute dessus, avec ses pattes pleines de boue.

C'est Galak, le chien de Nono. Mon frère est de retour. Dans la rue, il suffit parfois de penser à quelqu'un pour le faire apparaître. Je ne l'avais pas vu depuis deux mois. Il vient de rentrer de Bretagne où il bossait comme ouvrier agricole.

En France, un quart des sans-abri ont un travail, par intérim, ou bien au noir. La grande majorité dans le bâtiment. Certains travaillent dans la restauration. Les femmes sont souvent employées dans les services aux particuliers.

En déclarant ses heures travaillées, Nono a été rayé des listes du RSA. C'est le paradoxe. Parfois, il vaut mieux ne pas bosser du tout pour ne pas se retrouver dans la merde. Nono est à Paris pour remonter un dossier, et il va en avoir pour un mois de galère. La voilà, la vraie fracture numérique. Même s'il avait un téléphone, ce qui n'est pas le cas, Nono n'arriverait à rien. Il lui faudrait un ordinateur, une imprimante, et des papiers à jour. Il va devoir prendre des rendez-vous avec plusieurs administrations. Il ne pourra entrer ni avec un chien, ni avec son sac. Ça va lui prendre des semaines, juste pour gravir la première marche, s'il n'abandonne pas avant.

Je connais ça tous les six mois, quand je dois refaire mes papiers pour ma Couverture Médicale Universelle. Je me tape l'aller-retour à Versailles pour un extrait d'acte de naissance. La dernière fois, j'ai mis un mois pour arriver à entrer dans la mairie. Je revenais une semaine après l'autre, j'espérais tomber sur un vigile un peu moins con que les autres.

— Et vous vivez de quoi, tous les deux?

— Un peu de manche. Les gens nous donnent à bouffer, on manque de rien avec Galak, regarde.

Il me montre un sac plastique rempli de bouffe pour le chien, de chips et de canettes pour lui. Les gens se montrent toujours très généreux avec les chiens, plus qu'avec les hommes. Les passants demandent le nom du clebs, jamais celui du maître, les aveugles connaissent ça.

Nono installe Galak sur des cartons neufs qui traînent dans l'impasse et lui pose une couverture sur les oreilles.

— Tu la voiles, ta femme, maintenant?... Tu t'es radicalisé en Bretagne?

— T'es con... Il a chopé un rhume quand on dormait sur la côte. Il y avait une tempête qui venait d'Angleterre, on a douillé. Sans Galak pour me tenir chaud, j'y passais.

— Et tu le soignes, au moins?

— Ouais, je mets de la cortisone dans du pain, mais ça ne lui fait plus rien. Il s'est habitué au traitement. Un peu comme nous avec la bière.

J'embrasse le chien entre les deux yeux. Nono ouvre une canette de 8,6 un peu secouée par le voyage. Après ces deux longs mois d'absence, le silence s'installe déjà.

La première fois qu'on s'est rencontrés, avec Nono, c'était sur cette place. On s'est très vite bien entendus. Je n'ai pas mis longtemps à comprendre qu'il revenait de loin, de bien plus loin que moi. Je ne savais encore rien de cette soirée d'avril où l'horreur s'est invitée dans sa vie. Mais cela ne change rien, pas de compétition dans la douleur, surtout deux mecs comme nous.

Pourquoi certaines vies merdent-elles ? Je pose la question à Galak qui me tient compagnie pendant que son maître est parti pisser dans l'impasse.

Tout droit sorti de l'enfance, Nono s'était mis à fréquenter le milieu punk. Il est parti de chez lui à treize ans. Il s'est d'abord installé à Saint-Brieuc, dans un squat nommé Le Wagon, où il s'est caché jusqu'à sa majorité. À l'époque, Paris était à quatre heures de train. La ville l'appelait.

Nono a débarqué à Montparnasse. Il est resté là-bas un petit moment, avec tous les Bretons. Les gares de Paris sont de drôles d'endroits, chacune a sa personnalité. Quand les SDF arrivent à Paris, ils restent un moment à proximité de leur gare d'arrivée. Certains s'y installent. Ceux qui viennent du sud zonent autour de gare de Lyon, d'Austerlitz, ceux de Metz sont gare de L'Est. Et les Bretons sont à Montparnasse, comme au moment de l'exode rural, quand les petites bigoudaines voulaient devenir bonnes d'enfant et se retrouvaient à tapiner boulevard de l'Arrivée.

L'attrait de Paris pour un SDF vient de l'absence de prise en charge dans les petites villes, où il est moins facile de se nourrir, où les centres sont inadaptés. Et la grande pauvreté est plus dure à la campagne, parce que la solitude s'y ajoute.

Pour les clochards des zones rurales, les gares représentent le début de la jungle. La gare du Nord a la plus mauvaise réputation, c'est un lieu inhumain, le rendez-vous des fumeuses de crack. Le poison creuse leur visage et sculpte des masques mortuaires. Elles viennent brader leur corps squelettique dans les sanisettes Decaux. La passe est à dix euros, souvent moins. Pauvres filles, hommes pathétiques.

Je ne sais pas qui me fait le plus de peine, de la fumeuse ou du client. Les deux cherchent à assouvir leurs besoins. L'une a cessé d'être une femme, l'autre n'est plus un homme.

Pour parfaire le décor, il y a tous les jeunes mecs désœuvrés qui déambulent au premier niveau de la gare. Les bandes de petits cadors qui t'agressent pour te tirer du shit ou de l'argent. Ils arrivent de Villiers-le-Bel, de Pierrefitte, de Saint-Denis, pour passer la journée et tuer le temps. Certains continuent jusqu'à Châtelet ou Saint Michel en RER. Et ils traînent là-bas. Parfois, ils ont un casque de moto sous le bras, pour faire croire qu'ils ne sont pas venus en train.

La nuit, Gare du Nord, les plus dangereux ne rentrent pas chez eux. Ils zonent dans les angles morts, sans caméra. Les SDF qui ne savent pas, ceux qui viennent d'arriver, s'installent au chaud, à l'abri dans un parking. Ils se font racketter. Tous les soirs, les nouveaux tombent dans le piège.

Le parking, c'est comme une tente, il y a des avantages – protéger du vent, du froid – mais en cas d'agression personne ne te voit ni ne t'entend. Tu es piégé.

*

Nono, au bout de quelques semaines à Paris, a fini par quitter la gare Montparnasse. Au hasard, il a choisi la porte de Charenton. Les Bretons ne s'installent pas longtemps, ce sont des voyageurs.

À Charenton, Nono rencontre Mickey, un autre Breton. Coup de foudre. Le jour même, Mickey l'invite au Rocher, un squat mythique pas très éloigné du zoo de Vincennes, d'où son nom (Le Rocher des singes). Dès le premier soir, dans le jardin du squat, Nono et Mickey ont chacun leur fauteuil attitré en bout de table. Le trône du roi et de l'intendant. Personne n'a le droit de s'y asseoir. Les Bretons président les repas, comme deux patriarches.

La vie est belle, les *Amis du Rocher* viennent leur rendre visite, les voisins, les squatteurs, les nomades. Même les policiers de la garde montée laissent leurs chevaux à l'entrée et passent boire un café. Une fois par semaine, un ambulancier se gare dans la cour pour distribuer des capotes et des seringues neuves. La belle petite vie plutôt bien organisée.

Tout bascule en 2007, un vendredi.

Comme chaque mois, Mickey et Nono vont au cinéma de la Place d'Italie. Ce jour-là, le film à l'affiche est *Die Hard*, ça ne s'invente pas. Avant la séance, ils traînent avenue de Choisy. À une dizaine de mètres, trois mecs très costauds, ultra bourrés, qui n'inspirent pas confiance. Sans qu'on comprenne pourquoi, le plus gros des trois fracasse brusquement sa bouteille sur la tête de l'un des autres qui s'enfuit en hurlant, les mains plaquées sur le visage. Le sang passe entre ses doigts, asperge le trottoir, sa joue est sectionnée en diagonale, on peut voir des dents à travers la plaie. En général, les témoins de ce genre de scène s'éloignent immédiatement. Mickey ne bouge pas. Il indique à Nono une barre de fer qui traîne à côté de la poubelle, au cas où la situation s'envenime. Et naturellement, le pire arrive, les deux géants s'avancent vers eux, excités par l'odeur du sang. Nono qui devrait détaler demande une clope, vieille technique de diversion de rue. Et en lieu et place de la clope reçoit un crochet qui le met au sol. Il roule sur lui-même, se relève d'un bond, ramasse la petite barre de fer. Le premier baisse la tête, le coup s'abat sur le crâne du second qui perd connaissance et s'écrase de toute sa masse, tête la première, sur le béton.

Les menottes aux poignets, Nono observe les pompiers qui tentent de réanimer l'homme au sol et l'évacuent en civière. Nono panique, il hurle en boucle « relève-toi ! », comme un fou. L'homme ne se relève pas et meurt le soir même. Nono, vingt-trois ans, passe aux Assises. « Ils vont te mettre à Fresnes », lui chuchote l'avocat commis d'office, d'un ton gêné.

Pendant le procès, Nono apprend que la victime est un Géorgien que la police russe recherche depuis des années. Il a quatre mandats d'Interpol au cul, dans quatre pays différents, pour faits criminels aggravés. Pour cette seule raison, Nono voit sa peine réduite de moitié : dix ans au lieu de vingt, il sort au bout de sept. Sept ans à la première division de la prison de Fresnes, celle que les matons appellent « le grand quartier » et que les prisonniers ont surnommée L'Enfer.

L'enfer, Nono l'a connu. Les murs pourris de Fresnes ont tout vu, tout entendu. C'est là que la Gestapo torturait les Résistants pendant la guerre et que les collabos ont été détenus, avant d'être fusillés à la Libération. C'est là que les militants du FLN et ceux de l'OAS se sont retrouvés, derrière les mêmes barreaux, pendant la guerre d'Algérie. C'est là qu'aujourd'hui des hommes survivent cloîtrés, les uns sur les autres, livrés à eux-mêmes dans des cellules surpeuplées. Les promenades se font dans d'anciens boxes à chevaux, zones de non-droit de six mètres sur six où vivent les rats et où l'on parque, deux heures par jour, sans aucune surveillance, de vingt à trente hommes.

Les premiers jours, Nono porte sur lui l'extrait de son jugement, car les anciens cherchent à savoir où se cachent les violeurs, les pointeurs, parmi les nouveaux. Ce sont les premiers à morfler. Vient le moment où il faut se défendre, montrer l'exemple, montrer les muscles, au risque de se faire violer à son tour. Très vite, les gardiens entrent dans la danse. Fresnes est réputée pour la brutalité de ses matons et pour leurs fouilles à nu, quasi-systématiques. La nuit, quand tout le monde dort, les punaises et les cafards prennent le relais. Sept ans à Fresnes, ça vous réduit un homme en bouillie. Je me demande comment Nono a survécu.

Au tout début de sa peine, sa mère meurt d'un cancer, puis sa grand-mère, le cœur de son père lâche l'année suivante, et celui de son grand-père. Nono assiste à tous les enterrements, un Famas braqué dans le dos. Un an avant sa sortie de prison, son chien Stick meurt dans les bras de Mickey. Nono aurait bien voulu une autre perm pour le revoir une dernière fois.

Maintenant, il a payé sa dette. Il dit : « J'ai pris sept ans pour effacer l'ardoise d'une ordure. »

Je regarde Nono. Pour la première fois, je me rends compte à quel point ses fringues sont dans un sale état.

— T'as de quoi tenir ? Ton manteau est vraiment mort. Faut que je te trouve quelque chose, cette nuit il va cailler grave.

— Non, t'es gentil, mon crapaud, mais ma priorité c'est trouver un bon coin, pour être au chaud, Galak et moi. T'as quelque chose, toi ?

— Ouais, j'ai un bon renfoncement... bien à l'abri du vent.

— Pas mal. Y'a de la place pour nous ?

Je ne réponds pas. Je joue avec le chien, je lui mordille l'oreille, je lui lance la balle d'un bout à l'autre de la place. Pourquoi n'ai-je pas donné mon coin à l'un de mes frères de rue ? Parce que c'est normal. Je ne dis jamais l'endroit exact où je dors, c'est comme ça. Un spot ça se garde comme un secret. Nono ne l'a pas mal pris, et il aura tout oublié dans une dizaine de minutes. L'alcool va dissoudre le silence et laver l'affront.

Et si le silence s'installe trop longtemps, si on arrive à court de sujets, comme tout le monde, on causera du temps qu'il fait. Ça remplit les blancs et la météo, pour nous, c'est important. On sait qu'elle va impacter la nuit qui vient. Vu le froid qu'il fait cet après-midi, on sait tous les deux qu'on va morfler. On est un peu comme de vieux paysans, on sait lire dans les nuages et dans le chant des oiseaux.

— La corneille arrête pas de gueuler.

— Et alors ?

— Et alors, ça veut dire qu'il va pleuvoir.

— Je crois pas, je pense qu'elle caille, elle aussi. Je vais pas tarder à me trouver un coin...

— Tu restes pas pour dîner ?

— Non, les voisins me filent plein de trucs grâce à Galak. Il me faut juste un endroit où me poser.

— Je connais un coin de périph avec plein d'endroits boisés sur les hauts du XIXe... Je t'y amène, si tu veux ?

Nono tire la gueule. À Paris, le bois est souvent synonyme de danger. Pour ton corps ou pour ton moral. Les gens qui vont vivre dans les bois cherchent à s'installer pour de bon. Certains se sont totalement coupés du monde. Au début, ils continuent de faire l'aller-retour jusqu'à la ville, puis ils se retranchent complètement et ne sortent plus du bois. Ils renoncent. Ils vivent seuls, ils ont des salles de bains à ciel ouvert et se lavent à l'eau de pluie. On n'entend plus jamais parler d'eux.

Ces endroits-là sont des pièges. Si tu t'y installes, tu y restes des années. Alors que moi, je n'ai qu'une envie : sortir le plus vite possible de la rue. Et j'aime la ville, le rythme, le bruit. Comme disait mon pote Pascal, « le silence éternel de ces espaces infinis m'effraie ».

Nono continue de tirer la gueule. Il connaît les codes. Le Bois de Boulogne est un bois très peuplé, avec les filles et les travelos qui vivent à demeure dans des caravanes. Le bois de Vincennes, c'est encore pire, un vrai village, et même une ville, avec la route à l'arrière du bois où se sont sédentarisés les putes et leurs macs.

— C'est pas vraiment les bois, tu sais. C'est Porte des Lilas. Le quartier est habité. Les seuls mecs qui traînent sont des dealers de shit. Ils gagnent 3 000 balles par nuit, c'est pas eux qui vont venir te réveiller pour te piquer tes fringues.

— Je sais pas. Je veux pas d'histoires.

— T'en auras pas. Je connais un Russe qui dort là-bas depuis deux ans, dans sa petite cabane en carton.

Le Russe en question, les voisins lui foutent la paix. Ils l'aident même un peu. Dans les quartiers populaires, tout le monde connaît la précarité et le mal-logement. Certains ont déjà été à la rue, ou pas loin. Quand on a connu la merde, on tolère mieux celle des autres.

— Mouais... Je me méfie des gros violents pleins de vodka. Je vais plutôt improviser autre chose.

— Comme tu veux. Vous allez bien trouver quelque chose, tous les deux.

— Bien sûr.

Nono se lève et pose le carton qui lui servait de futon contre une benne à ordures. Comme ça, il pourra servir à quelqu'un d'autre. Il fait un second aller-retour pour jeter nos bières vides, puis revient vers moi et me prend dans ses bras avant de hisser son sac sur son dos. Je le vois s'éclipser dans la rue, suivi de Galak, tenant sa laisse dans sa gueule et remuant la queue.

L'éboueur du quartier passe avec sa poubelle à roulettes et son grand balai vert. Il me reconnaît, je le croise tous les matins rue du Soleil. Il me regarde d'un œil mauvais en ramassant les gobelets de café qui traînent par terre.

« Est-ce que j'ai vraiment une gueule à boire du café ? »

Il se marre franchement et s'en va.

Lorsque le froid s'installe vraiment, la bière n'est plus d'aucun secours.

Je sors mon téléphone, j'ouvre l'appli météo. C'est bien ce qu'il me semblait: on a perdu trois degrés depuis ce matin et on vient de passer sous la barre du zéro. Pour la nuit prochaine, ils annoncent une chute de six degrés en quelques heures. Ça paraît impossible.

Je m'informe autour de moi. «La météo se plante toujours», dit l'un; «elle exagère», dit l'autre. Je suis vaguement rassuré mais je me fais un pense-bête: acheter un thermomètre. Je l'accrocherai à mon sac. Ce sera mon prochain investissement.

Dans l'heure qui suit, je sens effectivement le mercure qui dégringole et le sang qui se fige dans mes veines. J'espère que la météo s'est vraiment plantée. Je ressors mon téléphone et cette fois, je tombe sur une dépêche de l'AFP.

Paris se prépare à l'arrivée subite d'une vague de froid venue de Russie. Il faisait -35° à Moscou hier matin, -12° à Varsovie hier après-midi, -11° à Strasbourg hier soir. Le froid faiblit en avançant, mais pas suffisamment, le vent est trop fort. Cette nuit, je ne sais pas précisément ce qui nous attend, mais j'ai maintenant la confirmation qu'on va douiller.

Le Plan Grand Froid a été déclenché à la mi-journée. Comment ai-je pu passer à côté d'une info pareille? Pourtant, j'avais de la batterie. J'annonce la couleur à mon auditoire et en quelques minutes, je suis soumis plusieurs fois à la même question, posée par tous, et sans réponse.

« Comment c'est possible, ils ont rien vu venir ? »

Non. Ils ne se réveillent que maintenant, mais ils s'activent. Dans ces moments-là, les assos de Paris font bloc et travaillent main dans la main. On ne sait même plus qui fait quoi, qui gère quoi. C'est un immense bordel pour essayer de mettre le plus de monde au chaud. La ville libère en urgence ses espaces vides, les foyers ouvrent des chambres supplémentaires. Une place se libère ici, une autre est prise ailleurs. Les missions religieuses mettent les bouchées doubles pour distribuer des repas. Chacun participe comme il peut à la bataille. Et tout le monde sait déjà que les places vont manquer.

Place Sainte-Marthe, 17 heures passées. On sait tous ce que ça veut dire. On n'est pas apparus sur l'écran radar. Le portable n'a pas sonné, l'assistant social ne nous a pas appelés. On a perdu à la loterie du Plan Grand froid. On n'aura pas de place d'urgence ce soir et il faudra dormir dehors. On devient les laissés-pour-compte, les oubliés du banc de touche.

J'ai l'impression qu'il fait encore plus froid. Je devrais avoir peur, mais je me dis qu'il y a pire. Je pourrais avoir un coin mal abrité, pas d'équipement, une mauvaise grippe. Je pourrais être à Strasbourg ou à Moscou. Je pourrais être à Paris en février 1954, avec -13 degrés dans les dents. Ce sera dur, ce soir, mais je ne devrais pas en mourir.

Tous les visages se tournent brusquement vers la Mission. On a entendu le cliquetis de la serrure. Enfin la porte s'ouvre ! On se met dans la file, plus sagement que d'habitude. Personne n'ose prendre la place d'un autre en coupant la file, ni se mettre à gueuler. On est une trentaine à la queue leu-leu, bien conscients qu'on va passer notre seule heure au chaud avant la nuit glaciale. Et bizarrement, ça calme plus que ça énerve.

D'habitude, pour éviter un mouvement de foule, Aldo bloque l'entrée avec ses gros bras et vérifie que les gens ne sont pas trop saouls pour entrer, à la manière d'un videur de boîte de nuit pas trop regardant. Aujourd'hui, c'est porte ouverte. Il nous accueille les uns après les autres, marmonne dans sa moustache des mots de bienvenue. Il ne sourit pas, parce qu'il n'y a pas vraiment de quoi sourire.

Aldo est cuistot, du moins officiellement, car il est l'homme à tout faire de la Mission. C'est un grand type, doux et costaud, généreux, un rangé des périodes difficiles. Quand il était plus jeune, son truc, c'était plutôt l'association de malfaiteurs, la rue, les filles, la coke.

Aldo loge chez Martine, une bénévole qui vit place Sainte-Marthe et m'invite à dîner, ou même à dormir quand il fait vraiment froid. Elle va sûrement me le proposer ce soir, puisqu'elle est de service, mais je laisserai ma place à un autre, par exemple à ce type désespéré devant moi, à qui on vient de tirer son manteau. Moi, je suis assez équipé pour dormir en haute montagne. Mes nerfs sont solides et je garde toujours la tête froide, surtout avec ce temps.

Martine donne beaucoup, bien qu'elle ne roule pas sur l'or. C'est pour ça qu'on l'appelle Sainte Martine, ça lui va comme un gant. À l'image de beaucoup de bénévoles de la Mission, elle a connu la précarité, elle sait d'où on vient. Elle est très croyante et profite toujours du moindre rassemblement pour nous donner un petit air de messe.

Ce soir, la priorité n'étant pas notre salut éternel mais notre salut immédiat, la séance de catéchisme risque d'être très rapide. Malheureusement, on ne pourra pas y échapper complètement. Martine tape dans ses deux mains gantées de caoutchouc pour obtenir le silence.

— Bonsoir Messieurs, et bonsoir les quelques dames.

— Bonsoir, répond une jeune fille, accompagnée d'un garçon. Un couple, je crois, des petits nouveaux.

Sainte Martine débute son prêche sans un seul mot sur la vague de froid. Elle ne veut pas en remettre une couche, le but de ce repas est aussi de nous faire oublier. Elle parle de Noé et de son Arche, d'Adam et d'Ève. Elle sait bien qu'on n'écoute pas et qu'elle parle dans le vide.

Aldo traverse le couloir en poussant une énorme casserole qui fume, posée sur un chariot roulant. Il a préparé une soupe en urgence, il sait que c'est ce qu'on attend de lui, le plat qui nous réchauffe le plus, la base de notre alimentation dès qu'il fait froid. Lorsque la soupe n'est pas au menu, ça nous arrive de gueuler.

La soupe de la Mission est assez basique, de la flotte, des légumes, du pain. Poireaux, pommes de terre, parfois du potiron. Ce n'est peut-être pas la meilleure de Paris mais c'est une vraie soupe à l'ancienne, gratuite et populaire. Facile à avaler quand vous n'avez pas faim.

Dans la rue, on n'a pas souvent faim. Personnellement, je me nourris comme je me lave, par hygiène de vie, pas par envie. L'alcool, le tabac et le reste m'ont coupé l'appétit. Je ne sais jamais quand la faim va venir et, au moment de dîner, j'ai loupé le train, je ne peux plus rien avaler. À la Mission, on ne finit jamais son assiette.

Ce soir, tout le monde se force. Je mange ma soupe très doucement pour me réchauffer, les deux types à ma droite l'ont avalée d'un trait. Ils attaquent déjà le plat de résistance, poulet et haricots blancs. Menu bien lourd, bien calorique, bien protéiné. Parfait pour ce qu'on a.

C'est comme si on partageait un dernier repas, comme si tout le monde savait ce qui l'attendait tout à l'heure, en sortant. Dans ces moments, on pense à soi, d'abord, à ce que va être notre nuit. On pense aussi aux autres, à ceux qui ont eu de la chance, qui ont trouvé une place au chaud et qui roupillent déjà, à l'heure qu'il est, sur les lits de camp d'un gymnase du quartier. On les envie à peine, ils vont devoir partir à l'aube, après la douche, l'échappée belle n'aura duré qu'une seule nuit... On pense à tout ça et on parle peu. L'ambiance du réfectoire est différente. Pas de bruit, les gueules sont fermées, personne ne se plaint et tout le monde tient. Le calme avant la tempête. Je crois quand même qu'on est contents d'être ensemble, de partager ce moment de répit. Côte à côte, coude-à-coude, on se décharge silencieusement de notre peur, tous pareils, tous dans la même merde. Étrangement, ça rassure et ça donne du courage.

Devant moi, un Congolais sort de sa poche du poivre et un sachet de poudre rouge.

— Tu veux du piment, mon frère ?

— Ah ouais, merci, ça réchauffe.

Il a gardé son manteau. Personne n'a osé l'enlever, la peur de se refroidir. On profite tant qu'on peut, avant la déferlante. Dehors, le vent qui siffle fait vibrer les vitres de la Mission. On sait qu'on va bientôt devoir bouger, on gagne du temps, on demande à être resservi. Au fond, je crois qu'on aimerait bien que ce dîner dure toute la nuit.

Dans la rue, il y a trois types de riverains.

Le premier, je l'appellerais Le Méprisant. C'est celui qui ne veut pas nous voir, on le dégoûte. Pour lui, on est tous alcooliques et violents. Il pense qu'on pue, qu'on ne se lave pas, qu'on est des nids à microbes. Il croit que nous n'avons jamais travaillé. Il sait de source sûre que nous gagnons très bien notre vie en faisant la manche, bien mieux que lui « qui se casse le cul à se lever tous les matins ». Il pense que nous sommes tous là par choix.

Il aimerait nous voir disparaître. Ne pas avoir à marcher devant nous en regardant ses chaussures. Il a peur de nous, très peur même. Pour lui, nous n'existons pas. Nous sommes ce qu'il ne veut pas voir, ce qu'il a peur de devenir.

Le second type de riverain, majoritaire, c'est Le Timide. Il n'ose pas trop nous approcher ni nous parler, mais il nous regarde quand même. Il donne une pièce sans dire un mot. Il a du mal à nous regarder dans les yeux quand il se penche. Sa peur est différente, plus humaine, celle de se voir lui-même dans nos yeux.

Le Timide sait intuitivement que tomber à la rue, ça peut arriver à n'importe qui, la grande loterie. Ça lui fait mal de nous voir, il se sent impuissant et honteux. Il donne une pièce à l'un mais pas à l'autre, parce qu'il ne peut pas soulager non plus toute la misère du monde. Parfois, dans les cafés, il paie au comptoir un café suspendu, un café invisible pour le prochain qui entrera.

Et il y a le riverain du troisième type, Le Samaritain. C'est celui qui nous loge chez lui, celle qui aide les SDF à remplir leurs dossiers administratifs, invente un restaurant étoilé pour clochards, vient s'asseoir avec nous pour fumer une clope.

Ces gens-là ne courent pas les rues, mais ils existent. J'en ai rencontré plusieurs, comme par exemple Daniel Cochet, je cite son nom, je ne sais pas si j'ai le droit. Daniel Cochet m'a sauvé la vie. Je sortais du quai de Gesvres, double plainte de mon ex-femme pour violence et décision de m'interdire de voir mon fils. J'étais prostré au bord du Canal Saint-Martin, les larmes aux yeux. Je ne reverrais plus Pierrick, c'était sûr. Un type passe, me demande s'il peut m'aider. «Sauf si vous êtes ministre de la Justice», je lui réponds. Il me dit qu'il est avocat et me tend sa carte, Maître Daniel Cochet. Je lui raconte mon histoire. Je lui montre ma procédure de divorce, je l'avais dans mon sac-maison, bien rangée à l'étage culture, entre le livre que j'ai toujours et le petit carnet où j'écris mes poèmes. Il me demande s'il peut me l'emprunter et me donne rendez-vous le lendemain 11 h à son cabinet, rue du Faubourg du Temple. Et tout s'est réglé, comme par enchantement, la double plainte classée et la décision de justice: je pourrai revoir mon fils lorsque je pourrai justifier d'un logement.

Cette nuit, pour la première fois depuis longtemps, j'ai rêvé.

J'ouvre les yeux, je les referme. Je respire l'odeur de la chambre. Je n'ai plus envie de dormir mais la chaleur de la couette et la douceur de l'oreiller me laissent cloué dans mon lit. Mon dos est comme anesthésié, je me sens reposé.

Même si je voulais me rendormir, je n'y arriverais pas. Mon corps est habitué à sa routine de l'aube. Je m'étire en baillant et j'avance vers la fenêtre pour ouvrir les rideaux. Il y a de la buée sur les vitres. Les arbres sont recroquevillés dans la brume. À la lumière des lampadaires, je devine une fine couche de givre sur le trottoir et sur le toit des voitures. Et là, juste sous mon nez, le renfoncement où je devais passer la nuit.

*

Hier soir, je m'étais préparé mentalement et matériellement au pire. Sur le Boulevard de la Villette, le vent était si froid que mes oreilles gelaient. J'avais les yeux mi-clos, comme un esquimau sur le chemin de l'igloo, des aiguilles sous les ongles et l'impression d'avoir plongé mes mains dans l'acide. Je commençais à souffrir pour de bon.

En arrivant à mon coin habituel, j'ai commencé mon petit rituel du soir, extirper de mon sac les deux duvets, celui d'été, celui d'hiver, étaler les cartons, poser dessus les deux couvertures pour se protéger du froid et de la saleté. En dépliant tout ça machinalement, je n'avais qu'une idée en tête : cette nuit, rien que cette nuit, j'aimerais bien dormir au chaud.

Pour la seconde fois de la journée, ma vie d'avant me revenait en boomerang. Mon fils, ma femme, mon ancien appart et, d'abord, tout ce qui me paraît tellement loin aujourd'hui, et que je voulais retrouver, ma baignoire, mon frigo, ma cafetière, mes objets, ma bibliothèque. Ce que j'avais de plus matériel, de plus concret. J'aurais aimé pouvoir sauter trois ans en arrière, ou même dix, pour être tranquille, avoir le temps de prévoir mon coup.

Au moment où je m'allongeais sur mes galets glacés, une ombre s'est avancée vers moi. Je me suis figé instinctivement. Un dépouilleur. J'étais prêt à l'éclairer en pleine gueule avec ma lampe de poche. C'était le voisin du rez-de-chaussée qui rentrait chez lui. Il a gravi la petite marche qui nous séparait et s'est accroupi à mes pieds.

— Monsieur... Vous ne pouvez pas rester là.

— Je sais mais je n'ai pas le choix.

— Il fait trop froid ce soir, laissez-moi vous offrir une nuit à l'hôtel du coin.

Ce type, je le voyais tous les jours et je ne savais pas que j'avais affaire à un Samaritain. On ne les repère pas toujours au premier coup d'œil. Dans la rue, les bonnes personnes, on les rencontre par hasard mais c'est toujours aussi la récompense d'un comportement, du respect de certains principes et, en premier lieu, de la rue et donc de sa propreté. Je range et je nettoie chaque matin mon campement avant que les voisins se réveillent. Et ça, l'homme qui m'a sauvé cette nuit a bien dû le remarquer.

Sortir de la chambre d'hôtel, et par ce temps, j'ai froid dans le dos rien que d'y penser. Je n'ai aucune envie de partir et pourtant je me sens enfermé, prisonnier. Je suis comme l'alcoolo qui a décidé de ne pas boire et qui court acheter sa bouteille. Je n'ai aucune envie de retourner à la rue mais quelque chose m'y pousse déjà.

Je résiste à l'appel en m'enfermant dans la salle de bains.

À la Mission, on ne peut pas rester très longtemps sous la flotte, il faut laisser de l'eau chaude pour ceux qui sont derrière. Là, c'est différent, je suis seul, j'ai tout mon temps. J'ouvre le robinet et je laisse l'eau couler sur mes yeux, sur mon front. Je suis plongé dans un nuage de vapeur et reste dix minutes sans bouger, à sentir chaque goutte qui passe sur mon visage. C'est une routine de ma vie ancienne mais à l'époque je ne me rendais pas compte du privilège. Le bien-être que ça procure, ce plaisir, je m'étais efforcé de les oublier.

J'attrape un échantillon de shampoing et je le déverse intégralement sur mes cheveux. Je me rince, et je recommence avec un autre flacon. Dans la rue, ce sont les cheveux qui se salissent en premier, bien plus que les mains, faciles à laver. J'attaque ensuite le reste du corps, en me savonnant énergiquement les bras, les jambes, les pieds. Aujourd'hui, pas besoin de garder mon bandana ni mes chaussettes pour les laver. C'est toujours ce que je fais à la Mission. Ne jamais quitter ses chaussettes pour éviter de se couper. Dans la rue, une blessure au pied et on est mort. Mais là, pas de danger, je suis nu comme un ver. J'ai l'impression que toutes les sales pensées de la veille filent dans le siphon avec la flotte.

En sortant de la douche, je suis un homme nouveau. Je passe ma main sur le miroir pour retirer la buée et me brosser les dents. La serviette autour de la taille, je fais des grimaces, je m'amuse à gonfler le torse. «*Are you talking to me?*» J'en impose un peu moins que De Niro, quand même. J'ai maigri, c'est sûr. Mais le miroir me renvoie encore un peu de masse musculaire.

Par contre, la gueule, c'est autre chose. Normalement, elle est à moitié cachée par mon bandana, mais ce matin, je la vois en entier, et de plein fouet. Ça calme! Ce qui me dérange le plus, c'est la calvitie sur le haut du crâne. En trois ans, j'ai beaucoup vieilli.

Dans la chambre, nouveau malaise. Mes vêtements de la veille m'attendent sur la chaise. Je ne les ai portés qu'une journée, ce qui n'est rien dans la rue, mais aujourd'hui, je n'aurais pas dit non à un T-shirt qui sente bon la lessive et l'adoucissant.

Si j'y pense aujourd'hui, j'irai faire tourner une machine chez ma copine. C'est une Samaritaine de Belleville, rencontrée sur Twitter. Elle m'offre un café et on discute le temps que le programme de lavage et de séchage soient terminés. Ça m'a changé la vie. Avant, je faisais comme les autres, je jetais mes affaires d'une semaine à l'autre. Les fringues, dans la rue, ont une espérance de vie limitée. Contrairement à ce que pense le Méprisant, la propreté reste une priorité pour les SDF.

Une fois habillé, j'ai l'impression que les murs se resserrent. L'hôtel n'est pas hostile, mais trop peu familier. Je suis un peu comme un Breton sur une montagne, ou un alpiniste sur un bateau. Je manque de repères.

J'ai besoin de retrouver l'anonymat, répondre à l'appel de la rue et m'y perdre dans cette intimité anonyme, avec les visages connus des poivrots de la place.

Une heure encore, et je retournerai m'ancrer à Sainte-Marthe.

Un dernier moment de télé, avant de quitter l'hôtel. Je prépare un café instantané et je zappe sur Arte.

Je tombe sur un reportage scientifique consacré au langage des arbres. J'apprends que par des systèmes d'information sophistiqués, les arbres communiquent entre eux, se signalent leurs prédateurs. La souche d'un arbre coupé prématurément continue à communiquer grâce à son réseau de champignons, elle alerte les autres arbres, les prévient du danger. Malheureusement pour eux, même s'ils savent ce qui les attend, le plus géant des séquoias ne peut rien contre une tronçonneuse. C'est plus intéressant que les marronniers des journalistes, je regarde le programme jusqu'à la fin.

Quand je suis tombé dans la rue, je ne voulais pas renoncer à la culture. J'allais aux expos gratuites de la Cité des Sciences de La Villette, j'apprenais tout un tas de trucs sur le corps humain. Ça me permettait aussi de voir les gosses se marrer et poser des questions à leurs parents, ça me rappelait mes beaux jours.

Depuis les attentats, je ne peux plus entrer dans un musée avec mon sac. J'ai dû faire une croix sur les expos. Avant, je pouvais me planter devant un tableau, me perdre une heure dans les couleurs, me réchauffer le corps et l'esprit. C'est fini.

Il ne reste plus que les bibliothèques municipales, les gardiens ne sont pas trop regardants. C'est le dernier bastion pour passer une journée à l'abri. La bibliothèque de Beaubourg est à elle seule un centre d'accueil de jour pour sans-abri. L'accès est totalement libre. On doit seulement ouvrir son sac, ce qui prend certes un peu de temps quand on déballe tout notre barda à l'entrée et à la sortie. Les SDF s'installent au rez-de-chaussée, baptisé premier étage, où ils feuillettent au chaud les BD ou surtout au deuxième, rayon sciences sociales, pour mater des écrans individuels. On n'en trouve jamais au troisième, littérature et histoire. Sauf Nassim. Mais il était professeur de lettres.

On ne peut pas emprunter de livres à Beaubourg. Pour lire, Nassim a trouvé d'autres solutions. Dans la rue, un livre n'est pas si difficile à trouver. Il y en a des piles sur les trottoirs, dans les cafés. Beaucoup de SDF se chargent de les récolter pour ensuite les revendre dans les librairies du Quartier latin. Il y a même un truc assez couru, qui consiste à s'installer à la sortie de chez Gibert. Tous les Parisiens viennent revendre leurs livres et ceux que Gibert ne prend pas, ils les posent sur le trottoir en sortant. C'est la guerre pour les récupérer. Les clodos deviennent de petits bouquinistes, ils étalent ces rebuts sur des couvertures et s'imaginent qu'ils vont les vendre au chaland.

Je n'ai pas recours à ces subterfuges.

Mes livres, je les reçois par la poste, envoyés par des anonymes ou des contacts via Twitter. Je les lis et je les refile dès que je les ai terminés. Impossible de les garder, les livres sont lourds. Je n'en ai jamais plus d'un dans mon sac.

Les bouquins circulent discrètement place Sainte-Marthe, entre un petit nombre de lettrés. Je ne fais pas vraiment partie de ce groupe, mais je me sens reconnu par eux, ils me respectent. On est tous au même niveau, dans la rue. Ce qui n'interdit pas une forme d'élitisme ou de snobisme, au moins par moments.

Sur notre minuscule et misérable échelle sociale, le fumeur de crack, par exemple, est tout en bas, et le lecteur de livres tout en haut. La rue, c'est comme les trois étages de Beaubourg, on passe d'un échelon à l'autre, on s'élève ou on redescend dans une même journée.

Nassim commence sa journée tout en haut et la finit pas très loin du fond, avec trois grammes d'alcool dans le sang. Il faut les voir, alors, tous ces derniers de la classe qui entourent l'ancien prof de français complètement bourré, aussi désœuvré qu'eux.

À la fin de sa bouteille, Nassim part se coucher à côté de son parking, en haut de la rue, sur ses deux matelas. Lorsqu'il réapparaît deux heures plus tard, rafraîchi et prêt à reprendre son cours où il l'avait laissé, il redevient le professeur de la place Sainte-Marthe.

Derrière ses buissons, entre ses deux matelas, Nassim cache une petite bibliothèque, quelques livres. Un jour, un rat, sans doute mordu de lecture, a attaqué par le coin *L'Amour au temps du choléra*. Comme c'était le bouquin de Lilian, Nassim était très emmerdé, mais Lilian se foutait royalement de son Garcia Márquez qu'il avait déjà lu trois fois.

Lilian est un type de mon âge qui a lu tous les livres. Il est aussi très toxico, connaît tous les dealers du grand-Est et peut trouver ce qu'il veut. Il arrive même à se dégoter de l'opium auprès des Pachtounes, ce qui est rarissime à Paris.

Le mois dernier Lilian était sur la place, il n'avait pas l'air bien. En manque de méthadone ou en manque de Nassim, peut-être. Nassim est encore en cure de désintoxication et la cure met un peu trop de temps à échouer. Ce jour-là, j'ai senti que Lilian avait besoin de parler. Je lui ai demandé ce qu'il lisait, il a sorti *Le Monde d'hier*, il lit toujours du Zweig quand il est déprimé. À moins que ce soit l'inverse. Dans le livre, il y avait une photo de Patrick Dewaere comme marque-page. C'est ce qui lui avait mis un coup au moral, revoir la tête de son ami d'enfance. Ils ne s'étaient jamais perdus de vue, ils continuaient de se voir pour se taper à la boxe ou se taper de la coke. Deux jours avant qu'il ne se suicide, Lilian avait passé une nuit chez Dewaere pour essayer de lui remonter le moral. Coluche venait de se barrer en voyage avec sa femme en lui offrant une 22 Long-Rifle.

Dans la foulée, Lilian a quitté Paris. Comme il est juif, il a fait son Alya en deux-deux, il est parti en Israël, s'est engagé dans Tsahal avant de se faire virer, un an plus tard, l'armée israélienne s'étant rendu compte qu'il était pro-palestinien. Il est dans la rue depuis six ans. Il tient par la drogue.

Il y en a un paquet qui se droguent, chez les SDF. Ils carburent la plupart du temps aux cachetons. Les prescriptions d'antidépresseurs et d'opiacés tournent d'une main à l'autre, c'est un jeu d'enfant de trouver un Lexomil ou un Tranxène. Mais le médoc le plus populaire reste le Subutex, une drogue puissante, légale, prescrite aux héroïnomanes, mais vendue illégalement comme drogue à consommer. Le Subutex est l'antidépresseur du pauvre. Entre deux et cinq euros le cachet à Barbès. Ça te tient tout l'après-midi. Si tu mélanges ça avec de la Pelure d'oignon, tu te flingues la tête et c'est le but.

On se plaint rarement dans la rue mais je vais vous révéler un secret de polichinelle : on est des âmes détruites dans un corps détruit.

L'histoire de Lilian, quand il me l'a racontée, Coluche, Tsahal, tout ça, j'ai écouté et je l'ai bouclée. Je l'ai regardé au fond des yeux et je l'ai cru. Dans la rue, on est souvent mytho. On s'invente une vie pour se mettre au niveau des autres, pour se protéger. C'est difficile, parfois, de distinguer le vrai du faux. Place Sainte-Marthe, cet après-midi j'ai croisé : un nain gringalet ancien légionnaire, un gitan parrain de la mafia et un gamin qui a fait le tour du monde en quatre-vingt-dix ans.

Ici comme ailleurs, la mythomanie est une défense. Moi, j'ai décidé d'exister en me montrant comme je suis, mais en le hurlant bien fort et partout. Je veux qu'on me voit, qu'on m'écoute. C'est pour ça que je porte toujours ce bandana rouge sur la tête. C'est plus qu'un signe de reconnaissance, une parure, une peinture de guerre. On est tous les personnages d'une représentation de dupes. Le mien a choisi de tout dire. Il n'a honte de rien, ne se cache pas d'aimer toutes les bouses américaines, les films de série Z à la con, avec plein d'explosions et des courses de voitures.

Il n'en est pas particulièrement fier. Mais c'est comme ça. Le roi est nu, à poil Christian. Et tant pis pour tous ceux qui s'inventent une personnalité idéale. Le roi Christian les méprise.

Les imperfections d'un vin en font parfois un grand cru. C'est le premier enseignement que j'ai retenu de mon école de sommellerie.

Avant de quitter la chambre d'hôtel, je vérifie que tout est en ordre. Sur la poignée de la porte, je retourne le petit carton à destination des gens de ménage : ils n'auront pas trop de boulot. Réflexe de clodo suisse : j'ai déjà tout jeté dans la corbeille de la salle de bains, et je n'ai rien laissé par terre.

Je me dirige vers l'ascenseur en savourant une dernière fois la chaleur du couloir. J'ai eu de la chance. J'ai passé une bonne nuit et à un bon moment. Je me sens reconnaissant envers cet homme tombé du ciel. Je pourrais l'attendre devant sa porte, lui demander de me permettre de conserver ma chambre pour une nouvelle nuit, mais je ne le ferai pas. Il ne faut pas abuser des bons Samaritains. Il ne faut surtout pas les user, même s'ils sont prêts à se mettre en quatre pour nous. Quand on accepte une main tendue, il faut garder toujours le sac à l'épaule : prêt à décoller. Je me sauve toujours avant de devenir un poids pour quelqu'un d'autre. Ma vie est déjà assez pesante pour moi-même.

Je m'apprête à sortir lorsque j'entends la voix de la réceptionniste.

— Monsieur ?

Je flaire l'agression et je me retourne, prêt à en découdre.

— Monsieur, si vous le désirez, vous pouvez laisser votre sac à la consigne, au moins pour la journée.

Je fonds. Je regarde son visage d'ange. Ses yeux clairs et son immense sourire, tout ça rien que pour moi. Elle est belle à regarder. Sans le savoir, elle vient de faire ma journée.

Une journée sans mon sac, c'est le kif absolu. J'ai l'impression de faire le régime Dukan et de perdre trente-cinq kilos d'un coup. Je n'ai plus cette extension de moi-même, cette carapace à surveiller en permanence ; je peux lâcher du lest et penser à autre chose. Les rares fois où ça m'arrive, je jubile comme un gosse.

Je m'arrange avec l'Ange, je lui donne l'heure de mon retour. Elle me rassure et me dit que mon sac ne bougera pas tant que je ne serai pas venu le chercher.

Putain, je crois que j'ai rougi. Ça ne m'arrive jamais. J'avais envie de disparaître sous le comptoir. Des décharges de gentillesse comme celles-là, on les vit comme du pur amour. L'attention minuscule, les mots bons, les mots doux : ça nous manque plus que tout le reste. C'est ce qui nous réchauffe le plus, très loin devant la douche, le lit et la soupe.

La dernière fois que j'avais espéré passer une nuit à l'hôtel, c'était Anne-Sophie Lapix qui me l'avait offerte pour la nuit précédant mon passage sur son plateau à la télé. Elle était très triste de ma situation. Elle a transformé cette nuit en dix nuits.

Il y a des soirs et des matins comme ça, où l'on croise un homme ou une femme extraordinaire. Et il y a des soirs, et il y a des matins, où c'est exactement l'inverse. On ne sait jamais sur qui on va tomber, côté face ou côté pile.

En quittant l'hôtel, je crois que j'aurais pu déplacer des montagnes. Sans mon sac, je sautillais comme un gamin. Je n'avais pas de fièvre, pas de nausée, mais j'étais ivre, comme après six verres de punch. Je me suis un peu calmé en sentant le froid qui me rappelait qui j'étais et d'où je venais. J'ai fermé mon anorak et je me suis mis en route vers le premier bistrot.

L'euphorie est rare dans la rue. On trouve de bonnes raisons de rire pour chasser la peur ou la tristesse, mais ça ne marche pas à tous les coups et ça peut prendre du temps.

Je me souviens d'avoir vu Nassim fou de joie, s'effondrer dans la minute qui suivait. Ce jour-là, un ancien pote sorti de la rue lui avait offert une pile de T-shirts propres et repassés dans un sac tout neuf. Le pote en question n'en avait plus besoin, il était logé par un étudiant de son âge qu'il avait rencontré lors d'un match de ping-pong au square du Cirque d'Hiver.

Nassim n'avait jamais paru aussi heureux. Le temps d'aller pisser dans l'impasse, le sac avait disparu. Le vol s'était produit en une poignée de secondes. Le sourire de Nassim s'est effacé et il a commencé à pleurer en silence. C'est rare de se mettre à nu comme ça, dans la rue. C'est rare de montrer sa douleur, de baisser la garde à ce point et d'abandonner tout orgueil. Mais devant moi, Nassim sait qu'il peut.

Nassim se fait toujours tout voler. Lui ne vole jamais. Il a été tenté une fois, une fois seulement, par un beau duvet bleu ciel oublié sur le canal Saint-Martin, mais il s'est tout de suite ravisé. Nassim est un moraliste, ce qui, dans la rue, lui donne ses lettres de noblesse.

Il a choisi l'alcool pour béquille. Comme moi. Ce qui ne fait pas de nous des voleurs.

*

Le psy de la mission m'a déjà proposé des antidépresseurs pour arrêter l'alcool, mais je n'ai pas voulu essayer. Éteindre sa tristesse en éteignant le cerveau, végéter sur un lit, s'endormir et crever, très peu pour moi, merci. Je préfère les effets de la bibine, je contrôle mieux. L'alcool est un antidépresseur comme un autre.

Le seul problème, c'est que je ne maîtrise pas le sevrage. La dernière fois que j'ai voulu arrêter, je l'ai fait trop brutalement. Je me sentais confiant, je me suis surestimé. Mon petit chef d'orchestre intérieur s'est réveillé. Le lendemain, j'étais envahi de spasmes et de tremblements si violents que tous les copains se sont inquiétés pour moi. Ils tournaient autour du banc où j'étais allongé et Canal+ a déposé sur moi une couverture un peu mouillée que je n'ai même pas eu la force de retirer.

Un bénévole de la mission a fini par appeler les pompiers et ils m'ont embarqué à Saint-Louis.

Là-bas, après des analyses et des examens, un médecin m'a pris à part et il m'a dit cette phrase que seul un mec comme moi peut entendre :

« Monsieur, il faut vous remettre à boire. »

Depuis, chaque fois que je vais au Franprix, je dis aux copains :

« Je vais à la pharmacie, il vous faut quelque chose ? »

Il avait raison le docteur. Personne ne peut sortir de l'alcool comme je l'ai fait. Si je voulais arrêter, si je le voulais vraiment, ce serait un duel à mort. Cela voudrait dire faire face à ma tristesse secrète, me foutre au bord du gouffre béant qu'est devenue ma vie.

Pour faire le grand saut, je ne peux pas être seul. Je dois être entouré. Je dois commencer par aller voir le psy de la mission, lui faire part de ma décision d'arrêter. Alors, il organisera mon départ en cure. Il l'a fait pour Nassim, pour d'autres aussi. Certains ont réussi, beaucoup ont échoué. Quelques-uns, dont le cœur a lâché, ne sont jamais revenus.

Je serais pris en charge à l'hosto. Le couloir serait rempli de prisonniers volontaires sous la surveillance d'une armée de psys, d'infirmiers et de bénévoles de l'atelier peinture et poterie. Les premiers jours, on me forcerait à boire de la flotte en continu, à avaler des boîtes de Valium. La seule chose à laquelle je penserais, si j'arrivais à penser, serait la prochaine canette que je me sifflerais en douce.

*

Nassim ne restera pas dans son hosto, c'est sûr. Il ne supportera pas. La dernière fois que je l'ai vu, il a profité de sa perm pour s'acheter un flash de whisky. Il m'a même avoué qu'il cachait des bouteilles dans les buissons de l'hôpital, pour aller picoler la nuit. Il boit moins, c'est bien, mais il continue et ça vaut mieux. À son âge, vu son état, il ne tiendrait pas longtemps en ne buvant que de l'eau.

Je sais de façon certaine que Nassim ne sortira jamais de l'alcool. Il était déjà atteint sans le savoir quand il a commencé à boire tout seul, il y a bien longtemps, quand tout allait bien, en pleines vacances avec sa fille et sa femme. Les alcoologues appellent ça la période rose. L'alcoolisme mondain, comme ils disent.

Et, il y a dix ans, Nassim s'est surpris à presser le pas pour aller à la boutique du caviste. C'était comme s'il avait perdu le contrôle de ses jambes. Le soir même, il en parlait à sa femme. Elle savait déjà. Elle avait retrouvé des bouteilles vides dans les tiroirs du bureau et des cadavres dans le cabanon au fond du jardin. Elle avait compris bien avant lui.

Elle a voulu l'aider, y croire. Elle l'a porté à bout de bras. La première cure a été un échec, comme la seconde et la troisième. La distance se creusait entre elle et lui. À la quatrième cure, elle ne faisait même plus semblant de venir le voir ou de l'appeler. Nassim était de plus en plus seul. À l'échec de la cinquième, quand il est sorti de l'hôpital, personne n'était là pour l'attendre. Il a perdu son travail de professeur au collège et son poste de formateur au Conseil général de Seine-Saint-Denis. Il est rentré chez lui. Il a fait ses valises avant que sa femme le lui demande.

L'histoire de la chute de Nassim est lente et progressive. Elle dure plusieurs mois, une année floue. Nassim vagabonde d'hôtel en hôtel. Plus il boit, plus sa chambre rétrécit, comme ses allocs, qui passent le seuil du minimum social. Parti d'une maison d'hôtes correcte, tenue par un couple de Château-Rouge, il se retrouve dans un hôtel borgne de Belleville où il partage son lit avec des cafards. Il boit tous les soirs, traîne avec les SDF du quartier. Parfois, il se retrouve à dormir avec eux, dans ce parking de la rue Sainte-Marthe qui deviendra l'un de ses coins. Il lui arrive de se réveiller sous un pont, après un cocktail Lexomil-rosé, ou chez les flics, pas loin de son ancien appart à Saint-Denis. Il n'a aucun souvenir de rien. Il s'enfonce chaque jour un peu plus dans l'autre monde. Il dévale, un pas après l'autre, la pente du troisième sous-sol.

Au jour du basculement final, il se retrouve un matin sur le trottoir avec ses deux valises et toutes ses affaires dedans, ses diplômes, ses photos. Il les cache dans un buisson, derrière l'église Saint-Joseph, le temps de trouver une solution pour la nuit. Lorsqu'il comprend qu'aucun foyer d'urgence ne l'acceptera, il revient dans le square. Ses valises ont disparu. Toute sa vie vient d'être emportée. Il se demande s'il n'a pas rêvé. Nassim ne se laisse pas le temps d'être triste ou en colère, il court à l'épicerie acheter deux bouteilles de Label 5 avec son dernier billet.

Ce matin, sur la place, il n'y a pas grand monde de notre petite bande. Un groupe de Sénégalais sur le premier banc, un vieux type sur le second, Rafik dans son coin, entouré de ses sacs, haut perché.

Je passe devant tout ce joli monde sans dire bonjour et je m'assieds sur mon muret. Aldo sort par la porte de la cuisine avec son café. En me voyant, il me l'offre sans hésiter.

Je ne boirai rien d'autre aujourd'hui avant d'aller dormir, à part la bière prescrite par le docteur.

Je m'apprête à faire ma revue de presse sur mon portable quand je vois passer Khera, le vieux chien de *La Sardine*. Khera est le vrai roi du quartier, il sort seul sans laisse du bistrot tous les matins pour faire sa promenade. Il ne dépasse jamais la place du Colonel Fabien, la frontière invisible du quartier. Khera revient après le déjeuner finir les restes de plat du jour dans l'arrière-cour de *La Sardine*. On n'est pas les seuls bénéficiaires de la loi anti-gaspillage, après tout.

Je vois le vieux clebs truffe au sol, faire son inspection des rues de Belleville. Tout d'un coup, il lève la tête, redresse les oreilles et remue la queue. Il a vu ou senti quelque chose.

— Kherâa ! Lumière ! Prospérité !

Je reconnais la voix. Nassim vient d'arriver. Il avance lentement vers le chien, le caresse longuement, puis se tourne enfin vers moi. Je me lève et l'embrasse.

— Je t'attendais, mon frère.

— Je sais.

— Tu t'es fait virer ?
— Oui. Avant-hier.

À regarder Nassim de loin, on ne remarque rien. Avec sa veste en jean, son béret noir, il passe pour un passant. De près, c'est autre chose, la veste est usée, le teint pâle, la peau creusée, les yeux brunis. Je vois qu'il a déjà bien picolé.

Qui sait où il était depuis qu'ils l'ont viré de sa cure ? Seul sur son banc à Ménilmontant, le coin où il se pose quand il a besoin d'être seul ? Ou peut-être avec les connards du boulevard de la Villette qui carburent aux alcools forts ? Peu importe. Il a une boussole interne à peu près réglée, il sent quand il touche le fond et remonte vers nous pour respirer. Là, je crois qu'on y est. Il est repassé au rosé, il a l'air content de me voir.

— T'es déçu Christian ?
— Je m'en fous, Nassim. T'as 57 ans, je te dois le respect, tu fais tes choix et basta.

Il sort de son sac un tas de documents. Il trimballe un nombre incalculable de papiers, bien rangés, bien classés. Je pourrais lui confier toute ma vie, s'il ne passait pas son temps à se faire chourer ses affaires. Il me tend son rapport d'exclusion : il est rentré ivre mort avec quatre heures de retard de sa dernière perm'. Le psychiatre du service avait fermé les yeux sur ses dernières escapades, pas sur celle-là. Il l'a convoqué. Nassim a écouté la sentence, les yeux baissés et s'est barré sans dire un mot.

L'hiver dernier, il s'était passé à peu près la même chose. Il avait trouvé une place dans un foyer Emmaüs. Il donnait des cours aux Sri-lankais, aidait les Syriens à rédiger des CV. Il s'est fait expulser en décembre après une altercation avec le veilleur de nuit. Pas de trêve hivernale qui tienne. Il a pris ses valises et il est retourné à la rue. Bien entendu, il s'est fait dépouiller dans la même journée, tradition oblige. Le soir-même, il a appris d'un bénévole de la Mission qu'il était sur la liste noire de tous les centres d'hébergement : tous les foyers de la capitale partagent des informations sur les fauteurs de troubles. Une fois que ton nom est inscrit sur ce fichier, tes chances de retrouver une place sont presque nulles. « Les emmerdes volent toujours en escadrille », comme disait Jacques Chirac.

Même à l'hôpital on ne veut plus de lui. Je lis son rapport à haute voix.

— Monsieur Nassim S. a consommé de l'alcool au cours de plusieurs sorties non autorisées, montrant par-là sa fragilité et surtout une motivation très mitigée vis-à-vis des soins et de l'abstinence. Son élaboration de la maladie est restée superficielle. On note une certaine surestimation de sa capacité à s'abstenir du produit...

— T'as vu, c'est du bon français. Il rigole.

— Dans tout ce charabia, je comprends bien une seule chose : Bienvenue dans la rue, mon frère. Fais comme chez toi, et n'oublie pas d'éteindre la lumière en sortant.

D'une pichenette, Nassim balance son mégot. Khera change de position. Il s'allonge sur le dos et se laisse caresser le ventre.

— Même le vieux Khera est mieux loti que nous. Une vie de chien, tu parles.

— Et attends, mon Nassim, je ne suis pas encore à quatre pattes.

— Moi, si.

En l'observant à la dérobée, je vois qu'il accuse le coup. La pilule ne passe pas. Il est triste et inquiet, comme moi hier. Nassim se lève du muret, marche jusqu'au banc, enfonce le bouchon de sa bouteille de Pelure d'oignon en l'appuyant sèchement sur la vis de la poubelle. Un peu de rosé coule dans le caniveau.

— Il faut que je pense à t'offrir un tire-bouchon.

— Ne te fatigue pas, mon ami. On risquerait de me le chourer, avec mon slip et tout ce qu'il me reste de dignité.

Il s'exprime toujours parfaitement, dans un français très soutenu, mâtiné de gouaille de rue. En cinq ans, il a appris à parler couramment le patois local.

Nassim me raconte sa cure, les blouses blanches qui le surveillaient en permanence, par peur qu'il se suicide. C'est mal connaître mon Nassim : désœuvré, déprimé, désespéré mais accroché à la vie.

— Plus de cure. Plus jamais. C'est fini. Plus de Valium, plus de promenades, plus d'humiliations à la pelle. Je boirai jusqu'à la fin de mes jours.

— Wallah. Je viendrai fleurir ta tombe au Carré musulman.

— Non, pas là. Même d'enfer, je me ferais virer. Je préfère le carré des indigents. Là-bas, au moins on me foutra la paix.

— Comme tu veux, mon frère.

— Tu ne diras pas mon nom mais tu réciteras *L'Albatros* et tu jetteras mon livre préféré sur le cercueil.

— *Jeunesse* de Conrad ?

— Oui. Ça me fera de la lecture.

Le livre de Joseph Conrad que Nassim veut garder sur sa tombe, est le dernier objet rescapé de sa vie d'avant. Il le cache sous son matelas et on ne le lui a pas encore volé.

— T'as encore acheté *Le Monde*? Tu viens de foutre deux euros à la poubelle, mon vieux.

— M'emmerde pas, tu sais bien que je peux pas lire sur ton machin. Regarde, ça va t'intéresser.

Nassim me montre le grand titre de la page quatre: «Paris compte au moins 3624 sans-abri». En effet, ça m'intéresse. Je refuse son journal et je sors mon portable pour lire le même article en ligne. Il est payant: un point pour lui. Je ravale ma fierté et j'attends sagement qu'il finisse sa lecture pour me passer les pages.

Des journalistes ont fait le tour de Paris et réalisé un grand comptage des sans-abri de la capitale. Drôle de méthode. Pourquoi ils ne m'ont rien demandé à moi ou aux autres, au lieu de faire le taff tout seuls? Et il fallait le faire à l'automne. En hiver, les SDF sont invisibles. Je repense aux dernières semaines: aucun souvenir d'avoir été pointé. Avant de lire l'article plus en détail, je commence ma propre enquête.

— Rafik?

— Ouais?

— T'as été compté, genre avant-hier ou la semaine dernière?

— Hein?

— Est-ce que t'as vu un mec venir te pointer?

— Bah, non... Pourquoi?

C'est bien ce que je pensais. S'ils ont raté Rafik, qui dort à la lumière des réverbères, c'est qu'ils ont loupé la moitié des SDF de Paris et des bois environnants. Ils sont passés à côté de tous ceux qui dorment planqués comme moi. Je reprends ma lecture, ça commence mal. L'article parle de cent personnes dans l'est de Paris. Impossible : il y a trois gares rien que dans la zone. À moi tout seul, avec ma myopie, j'en trouverais le double en une heure rien qu'à Gare de l'Est.

— Regarde ça, Nassim. Soixante-quinze SDF dans le XIIIe ! C'est des rigolos, les mecs.

— J'ai vu, oui. Ils ont dû faire un petit tour Place d'Italie et rentrer au chaud.

Sous l'œil moqueur de Nassim, je sors mon téléphone. Il sait que je survis grâce aux réseaux sociaux, ce qu'il respecte sans l'accepter. Nassim n'a même pas de téléphone. Pour s'informer, il lit la presse de temps en temps, et il écoute sa petite radio.

La radio aura rythmé toutes les nuits que Nassim a passées dans la rue. De France-Inter à France-Culture, de Radio-Classique à Radio Nova, il écoute tout ce qui passe, rétrospectives, débats, chroniques. Il est au courant de toutes les lois en débat à l'Assemblée nationale, il connaît les faits et gestes du moindre secrétaire d'État. En revanche, il n'a jamais vu la tête d'un seul ministre. Il s'en fout, ça l'amuse, même. Parfois on joue à un jeu, il me décrit un homme ou une femme politique tel qu'il l'imagine et moi je lui dis chaud ou froid en regardant la photo sur mon écran de téléphone. Il invente des visages et des corps à toutes les voix qu'il entend.

Les voix, leur sensualité, c'est peut-être ce qu'il y a de plus beau dans la radio. J'adore quand l'animatrice de FIP me murmure, dans un léger vibrato : « Il est minuit... et puisque vous ne dormez pas encore, je vous propose ce *live* de Nina Simone. » C'est fou comme on peut être transporté par une voix, je me laisse bercer jusqu'à ce que ma batterie se vide.

La radio n'est qu'un petit confort pour moi, mais pour Nassim, c'est une passion depuis toujours. Déjà, jeune Marocain, les hits des années 80 écoutés sur son transistor lui avaient donné envie de venir en France pour entendre cette musique de plus près. C'est un «enfant de la radio» comme il dit en balayant d'un geste méprisant mon «machin».

*

En novembre, quelques semaines avant le début de sa dernière cure, j'avais invité Nassim à la Maison de la radio, pensant lui faire plaisir. C'était réussi, je ne l'avais jamais vu aussi heureux. J'étais interviewé à 18 h sur le grand froid. On a pris le métro tranquilles jusqu'à La-Motte-Piquet, on a marché jusqu'à Bir-Hakeim et il m'a raconté ses années de jeunesse en face, à Passy. Le père d'une de ses copines de la fac de lettres l'hébergeait gratuitement dans une chambre de bonne, avec vue sur la Seine. En échange, il travaillait un peu dans son atelier d'imprimerie. Avec sa première paye, il s'était acheté un poste de radio.

J'étais content de l'entendre me parler de sa vie, de le voir sourire et de marcher sur les traces du Nassim de vingt ans qui découvrait Paris.

Arrivés à Radio-France, les vigiles n'ont pas voulu le laisser entrer. Je leur ai expliqué qu'il était l'auditeur le plus fidèle de la maison. Mais les salopards n'ont rien voulu savoir et Nassim s'est fait jeter comme un déchet. En sortant de l'interview, je suis parti à sa recherche. Je l'ai retrouvé tout au bout de l'Île-aux-Cygnes, le regard noyé dans la Seine. Le bouchon flottait dans sa bouteille de rosé. C'était triste à mourir de le voir dans cet état.

Je me suis excusé, il ne m'en voulait pas. Après cette défaite, je ne l'ai plus revu pendant huit jours.

La journée est en train de passer, doucement. On parle du temps qu'il fait. On commente la vague de froid, on se dit qu'on attend la belle saison. La discussion se déplace sur la question de la disparition des abeilles et des moineaux. On est tous un peu écolos dans la rue. Les cigarettes tournent, les mots stagnent. On commente le style vestimentaire des passants. Tiens, c'est le troisième type qui porte un sac en faux-cuir avec un drapeau américain sur la languette. On est aux premières loges de la mode.

La voisine sort de son atelier, une poubelle à la main. Elle est toute décoiffée, on dirait qu'elle vient de se réveiller. Nassim l'interpelle et s'en suit un vague débat de comptoir. Lui, accuse Picasso d'avoir pompé tout l'art africain, ce à quoi elle rétorque qu'il s'en est seulement inspiré. À court d'arguments, Nassim dit qu'il n'aime pas les chauves. J'entends son rire pour la première fois depuis longtemps.

J'aime Picasso. Il a été une source d'inspiration quand je dessinais à la craie sur les trottoirs de Saint-Michel. Je préfère Klimt, mais je n'avais pas de peinture dorée pour lui rendre hommage.

De l'autre côté de la fontaine Saint-Michel, où je dessinais mes Picasso à la craie, il y avait un clochard qui me fascinait, un type un peu mystique venu à pied de Serbie. Son truc à lui, c'était de dessiner avec le soleil. À l'aide d'une loupe et d'un bout de carton qu'il brûlait point par point, il reproduisait de mémoire certains lieux parisiens : les marches de l'Opéra, le Grand Palais, la place des Vosges...

Tout le monde s'attardait sur mes fresques, personne ne regardait son travail. Je l'admirais en secret. Je le reconnaissais comme un artiste authentique qui, dans une autre vie, aurait exposé à New York ou à Tokyo. Mais, comme il était pauvre, il vendait ses chefs-d'œuvre en carton pour une poignée de francs.

Il ne pouvait travailler que l'été et, les jours de grand soleil, s'acharnait en plein cagnard au bord de la fontaine. Il était tout rouge à la fin de la journée. Je ne sais pas où il est aujourd'hui, je l'ai perdu de vue depuis longtemps, mais je ne serais pas surpris d'apprendre qu'il soit mort d'un cancer de la peau. Il n'était pas du genre à se tartiner la gueule de crème solaire.

*

Ça cogne pas mal pendant l'été à Paris. À force de passer mes journées dehors, je bronze. On me demande : « T'es allé où Christian, pendant les vacances ? » Et je m'invente un été à Ibiza.

L'été est une saison à double tranchant. La ville est presque vide et on respire un peu. On profite du beau temps, on dort en T-shirt. On lave nos vêtements dans les parcs et on attend tranquillement qu'ils sèchent. Mais d'un autre côté, les bénévoles sont partis en vacances, les assos sont fermées.

Comme tout est fermé, on doit aussi réapprendre à se démerder à la dure, manche par-ci, manche par-là. Pas de douche aujourd'hui, ni demain. Passer le mois d'août à Paris provoque un effondrement progressif de ce qui peut rester d'estime de soi. Comme les vieux en période de canicule, on peut clamser tout seul, déshydraté, sans que personne ne bouge le petit doigt.

Je fais gaffe pendant l'été, je bois de l'eau, je me surveille. Mais l'été a ses agréments. Ce qui me plaît le plus, c'est l'allègement du poids de mon sac, vingt kilos en moins. Début mai, je vide ma maison, nettoyage de printemps. Je laisse toutes mes affaires chez Sainte Martine. Les autres jettent leurs vêtements ou les cachent quelque part en sachant très bien qu'ils ne les retrouveront jamais.

C'était différent autrefois. Les pauvres ne se séparaient jamais de leurs vêtements. Et comme les portes de leurs garnis ne fermaient pas, ils préféraient garder sur eux leurs vêtements d'hiver plutôt que de les abandonner. J'ai lu que sous la Révolution, les pauvres de Paris crevaient tellement la dalle qu'on retrouvait des mecs noyés avec sept couches de vêtements. Morts de chaud, morts de faim, ils se balançaient dans la Seine du haut des ponts.

Pas très loin de nous, le long du muret, deux banlieusards égarés sont en train de zoner. Ils jouent au foot dans l'impasse qui sent la pisse et le shit.

Nassim fait semblant de les regarder avec dureté. Il a ce petit quelque chose de conservateur qui lui rend intolérable les jeunes gens mal élevés. C'est très savoureux dans la rue. Quand un gamin en jogging vient lui taper un peu fort dans la main, il lui serre les doigts en disant : « Bonjour Monsieur ».

Au fond, ce n'est que de la tendresse. C'étaient les mêmes gosses qu'il éduquait, à l'époque, en Seine-Saint-Denis. Il joue au prof, c'est tout.

— La France ne produit plus rien, Chris, qu'il me dit. Même le lait, on le jette par terre.

— Je te sens bien pessimiste, mon Nassim.

— Tu parles. Je sais pas comment je vais le passer, cet hiver. Je n'ose même plus frauder dans le métro.

Nassim est le seul SDF de Paris à craindre les agents RATP. Ils sont en surnombre depuis le renforcement des mesures de sécurité à Paris, ils bloquent les couloirs, mais on est les seuls à qui ils foutent parfois un peu la paix. Ils nous appliquent occasionnellement un traitement de faveur. Je passe les contrôles quand tous les autres se font gauler. Je me retourne pour regarder et c'est chaque fois le même cinéma. Le Parisien, quel qu'il soit, commence par négocier. Ado, adulte, petit vieux, c'est toujours pareil. Au bout d'une minute, le Parisien commence à s'énerver. Le ton agressif et inquisiteur des hommes en vert fait monter la sauce. Le Parisien sait que ça ne sert pas à grand-chose mais il gueule pour le plaisir de gueuler.

Les Parisiens, je les aime comme ça, très libres, avec de très grandes gueules. Je me souviens d'un serveur avec qui je bossais. Lui, il était genre hautain. C'est qu'il n'était pas n'importe qui, il était *garçon de café parisien*. Il fallait faire la gueule, c'était dans sa fonction. Je l'ai recroisé, une fois, boulevard Haussmann. Heureusement pour nous deux, il ne m'a pas reconnu.

Nassim me choure mon téléphone. Il cherche à prendre le contrôle de la musique, il baisse les bras au bout d'une seconde, ne comprend rien à mon « machin ». Je tape pour lui : « Prélude » et « Bach ». Le morceau qu'il cherchait, je le sais.

Un jour qu'il écoutait une suite pour violoncelle sur son transistor, une passante qui voulait être gentille lui avait dit que c'était « la première fois qu'elle voyait un Arabe qui aimait la musique classique ». Nassim était resté très courtois. Il lui avait répondu que la vie était pleine de surprises et qu'il était lui-même étonné qu'une femme de sa qualité ose aborder un singe comme lui.

Le doyen de la Place fait son apparition dans son énorme manteau. Il est gigantesque, son âge le voûte un peu. Il est suivi de près par un jeune type, bien plus petit que lui, sûrement un nouveau.

— Salut Christian.

— Bonjour M'sieur le Maire.

— Salut Nassim, t'es de retour…

— Monsieur Da Costa, comment vas-tu ?

Il nous parle de ses petits problèmes de santé, comme tous les vieux, se plaint du froid, ne pense qu'à une seule chose, sauter dans un avion direction Porto. Mais il a peur de l'avion. Tant mieux pour nous, car le perdre serait comme abattre l'un des arbres de Sainte-Marthe. Et il serait paumé là-bas. Il ne connaît rien de son pays, à part la langue, qui n'est pas vraiment le même portugais qu'en Guinée-Bissau, son pays de naissance. Il n'est d'ailleurs portugais que parce qu'il est né avant la décolonisation.

« Dis-moi, Nassim, j'ai besoin de quelqu'un pour apprendre le français à un gars qui vient d'arriver. »

Monsieur Le Maire se retourne, fait signe à son petit protégé de s'approcher mais l'autre ne bouge pas, à croire qu'il a peur qu'on le bouffe, Nassim et moi.

« Et tu veux que moi, je lui donne des cours ? »

Nassim se fait désirer. Il adore ça, au fond, rechausser les binocles, sortir le stylo de sa veste. Il est fait pour ça, d'ailleurs, un grand pédagogue. Il dépanne plein de monde à la Mission. Il ne peut pas s'en empêcher, comme un enseignant qui part en vacances et qui souffre très vite du manque d'élèves. Il donne des cours de français aux Chinois, dépanne aussi pour des traductions de l'arabe classique vers le français.

Nassim est précieux sur la Place, et pas seulement pour les services qu'il rend. Les bénévoles se sont attachés à lui. Tous cherchent à l'aider, à lui proposer un petit boulot de prof.

La Mission est un levier puissant pour beaucoup de types qui cherchent à s'en sortir. Les commis de cuisine sont des anciens SDF. Nassim refuse à chaque fois, ce n'est pas ainsi qu'il veut quitter la rue. Pour s'occuper des autres, il faut d'abord être en mesure de s'occuper de soi-même, et ça, ni moi ni Nassim n'en sommes capables pour l'instant. On est dans l'incapacité de s'engager auprès d'un employeur, même si on le connaît, et surtout si c'est un ami. On aurait trop peur de le décevoir.

— Il s'appelle comment, ton Afghan ?

— J'ai oublié. Putain, j'oublie tout, avec l'âge. Je l'ai croisé sur le Canal et il ne me quitte plus.

— Sur le Canal ? Mais qu'est-ce qu'il foutait sur le Canal ?

Normalement les Afghans sont Gare de l'Est et jamais seuls. Ils vivent en petits groupes, des hommes uniquement, et campent jusqu'à la prochaine évacuation. Mais tout reste possible dans la rue. On croise parfois un Syrien perdu au milieu d'Érythréens ou un Somalien parmi des Bengladis. Les groupes nationaux ne sont pas trop regardants. Cette fois, c'est un petit Afghan qui s'est mis sous l'aile du vieux Manjak, portugais, avant de dériver jusqu'à Nassim et moi, l'Arabe et le Suisse romand.

Une fois, j'ai croisé un Gambien de vingt ans qui vendait un peu de shit pour survivre. Il avait traversé tout le Sahel jusqu'en Libye, en pleine guerre civile, il était monté dans un bateau en payant une blinde, le moteur avait lâché à mi-chemin. Il avait prié Dieu toute la nuit et grâce à un putain de miracle, le vent les avait fait dériver jusqu'à l'Italie. Cette nuit-là, le mec s'est vu mourir. Avec les cris des femmes et des enfants à bord, le cauchemar a dû être interminable. Pourtant, à le regarder, rien ne se voit. Il ne montre pas ce qu'il a vécu. Mais il y a quelque chose dont je suis sûr : renvoyer le mec chez lui par un vol de quatre heures en récompense d'un voyage qui lui a pris quatre ans, ce serait le tuer pour de bon.

*

Le mois dernier, une dame s'est énervée toute seule en passant devant moi. Elle m'a dit : « C'est pas normal qu'il y ait des Français dans la rue ! » Je lui ai répondu que j'étais bien d'accord avec elle, mais que je n'étais pas exactement français. Elle a pas trop compris ce que je voulais dire et elle est partie en marmonnant avec ses sacs à provisions. Je sais que beaucoup de gens pensent la même chose, c'est l'époque qui veut ça. Le repli devient roi, comme dirait mon Nassim.

Il y a des choses qu'on ne devrait pas dire ici. Ici à Paris, ici en France. Quand je suis arrivé de ma Suisse blonde aux yeux bleus, c'est le mélange qui m'a séduit dans ce pays. Mon premier concert c'était Gainsbourg. J'avais vingt ans et j'ai dansé sur sa *Marseillaise* jamaïcaine avec des milliers de personnes.

Il y a des choses qu'on ne devrait pas dire ici. Ici à Belleville, parce qu'on reste un bastion dressé contre la connerie humaine. On n'est pas n'importe où. On a été le premier quartier à offrir des logements vacants aux migrants espagnols qui fuyaient la guerre civile. Et pendant la

Commune, on est le dernier quartier à avoir tenu les barricades contre les Versaillais.

Ici, on croit à l'accueil, au brassage parce que tous les migrants du monde sont passés par-là, Polonais, Arméniens, Juifs, Tziganes, Arabes, Chinois. « On est ensemble », comme disent les Maliens. Même si ça ne se voit pas toujours et si on n'y croit plus vraiment, au fond ça reste vrai : on est tous dans le même bateau. Et quand ça se voit, eh bien, c'est beau à voir. Et ça s'entend aussi, et c'est beau à entendre. Dans notre tour de Babel, ça parle wolof et verlan, arabe et titi, et moi, je veux que ça dure. Et si ça déplaît à quelqu'un, qu'il se casse du quartier, c'est la moindre des choses.

J'avais prévu de faire une lessive et, comme d'habitude, c'est la journée qui a décidé pour moi. Il ne me reste plus qu'à dîner, dans une heure. Mais dans une heure, je n'aurai plus faim. Aldo sort par la porte de la cuisine pour une petite clope avant le service. Il nous montre le menu du jour, qu'il a écrit sur son carnet: «Salade composée au foie gras de canard; couscous de veau et merguez façon Sainte-Marthe; emmental et yaourt».

— Une salade? Tu me prends pour un lapin, Aldo?

— Fais pas chier, Christian.

Nassim à l'air content. Le couscous, c'est sa madeleine de Proust. Peut-être qu'il ira voir sa mère, bientôt. Elle est très âgée et ne voit plus ses fils qui vivent en France. Quand il aura assez d'argent pour se payer le billet, Nassim ira se planquer un mois ou deux dans sa maison à Casa. Ça lui fera du bien, même si je n'aime pas quand il se barre. J'ai toujours peur qu'il n'ait plus la force de revenir. Jusqu'ici, il est toujours rentré. C'est encore ici, à Paris, qu'il se sent le mieux. Au fond, c'est un sédentaire, comme moi, un pilier de comptoir du grand Est parisien.

Aldo a dû lire dans nos pensées:

— Oh Nassim, pourquoi tu ne vas te retaper quelques jours à Reims chez ton frère?

— Parce qu'il m'angoisse. Il est complètement perdu. Il n'ouvre même plus un livre, maintenant. Il regarde les chaînes arabes toute la journée et des redifs de séries turques ou égyptiennes, pour être sûr de pas tomber sur un couple qui s'embrasse.

Depuis dix ans, le frère de Nassim a basculé dans une branche radicale de l'Islam. Sa femme est voilée et n'a pas le droit de voir d'autres hommes. De toutes façons, ils ne voient plus personne depuis la mort de leur fils unique. On n'a jamais su exactement pour qui il s'était engagé, mais il a disparu un jour en Syrie, tué par une frappe américaine. Ses parents le croyaient à Dubaï, en train d'amorcer une carrière d'ingénieur avec un ami. Et c'est le même ami qui les a appelés pour les informer de la mort de leur fils *en martyr*. Dans les jours qui ont suivi, une armada de caméras et de perches à micro s'est amassée devant la porte de leur maison. C'était comme perdre leur fils une deuxième fois, m'a raconté Nassim.

*

Dans la rue, on n'a pas vraiment de problèmes avec les religieux. C'est un sujet pour l'autre monde. La seule fois où on a été un peu emmerdés, c'était avec les quatre barbus de la rue Bichat. Ils venaient nous sermonner avec des yeux convulsés. Nous, on se marrait bien, ils nous rappelaient les prêcheurs de la Mission. Finalement, le discours était à peu près le même : « Pêché, enfer, foi, paradis ». Des mots qui ne nous parlent pas.

Je n'ai pas une grande amitié pour les religieux, quels qu'ils soient, mais je les supporte tant qu'ils me foutent la paix. Au début, les quatre barbus nous amusaient. Ensuite, plus du tout. Ils nous disaient de ne pas boire, de ne pas fumer. Et s'il y a bien un truc qu'on n'aime pas dans la rue, c'est qu'on nous fasse la morale. Dans notre monde et selon notre dogme, personne n'a le droit de porter un jugement sur les choix de l'autre. On a fini par déloger les Barbus pendant la semaine qui a suivi les attentats de novembre.

Je ne crois ni au Paradis, ni à l'Enfer. Ma croyance à moi tient en quelques lignes. Je crois qu'on ne vit qu'une fois, et plutôt longtemps, dans un grand purgatoire. Je crois qu'autour de nous et à l'intérieur de nous cohabitent des anges et des diables. C'est encore plus vrai dans la rue : si je me comporte mal, ma vie deviendra un enfer, si je fais le bien, j'en recevrai en retour. C'est de la pure logique, pas de la religion. J'ai appris ça tout seul. Et je serai toujours le seul à décider pour moi-même.

Il fait nuit noire, la porte s'ouvre enfin. Sur la place, les derniers passants rentrent chez eux, il ne reste plus qu'un petit groupe d'hommes et de femmes. Tous ont faim. Aldo, en bon gardien du Temple, retient ceux qui poussent à l'arrière.

Une fois dans le réfectoire, je jette un coup d'œil au bout de l'allée. Sainte Martine n'est pas là ce soir, et c'est Arthus qui la remplace. C'est pas l'idéal, mais ça pourrait être pire, on pourrait se taper celui qui nous gueule dessus pour qu'on revienne vers Dieu. Quand c'est lui qui est de service, je mets mes écouteurs ou je ferme les écoutilles, si je n'ai plus de batterie.

— Nassim, viens, je t'ai gardé une place.

— Comme si je t'avais pas assez vu !

— T'allais quand même pas manquer le Bob Dylan du Christ ?

— Ah merde, pas lui... Putain, ils peuvent pas recruter un vrai pasteur au moins ?

— Comme le mec qui a baptisé Aldo, l'ancien Hindou ?

— Pourquoi pas ? Au moins, il connaît les textes, lui, c'est pas comme l'autre...

Arthus s'est emparé de sa guitare après avoir distribué des feuilles à tout le monde. Ce soir, le gros de la salle est composé de Sahariens et de Subsahariens. On n'a aucune envie de chanter, mais bon, on n'a pas le choix, c'est le prix à payer pour le foie gras et les merguez.

Nassim enfile ses lunettes.

— Kumbaya... C'est quoi ce truc ?

— Kumbaya ? C'est le dieu des clochards, mon frère. C'est un grand prophète qui vit à Paris aujourd'hui. Il a pris la forme d'un rat. Quand on le trouvera, la terre sera sauvée.
— T'es con, Christian.

Arthus commence à chanter. Il demande au Seigneur de nous entendre prier et pleurer. « Je suis sûr que le Seigneur nous a entendus », conclut Arthus. Pour le prêche du jour, il a choisi un passage de la Bible, qui me semble bête à coucher dehors et nous explique qu'il faut rejeter « toute malice et toute ruse » et « désirer comme des nouveau-nés le lait spirituel et pur ».

À la fin du passage, j'apprends que nous sommes une race élue, une « nation sainte », un « peuple acquis ». Il parle de qui, de nous, les SDF ? Je ne savais pas qu'on était tout ça à la fois.

Arthus enchaîne avec un prêche totalement improvisé sur Abraham et ses fils. Il insiste sur Ismaël, allez savoir pourquoi, avant de s'emmêler les pinceaux. Puis conclut avec l'histoire de Jésus qui s'est assis sur un âne pour trouver « la respiration de Dieu et l'âme d'Ismaël ».

Le prêche touche à sa fin. La voix s'élève crescendo avant l'adagio final. La salade est sur le point d'être servie.

Aldo passe dans l'allée pour distribuer l'eau et le pain. Je fais tourner la flotte au fond de mon verre, je la hume et je la goûte comme si c'était du vin, histoire de faire rire Nassim.
— Tu sais pourquoi je t'aime bien, Chris ?
— Non, mais tu vas me le dire.
— Parce que je t'aime bien.
— Moi aussi, mon Nassim. Tu veux de l'eau ?
— Non... J'en ai assez bu le mois dernier.

Je lève le verre au ciel et, cette fois, c'est toute la rangée qui rigole.

Au moment où je relis les épreuves de ce livre, assis sur le muret de Sainte Marthe, avec Nassim qui surveille ma syntaxe derrière mon épaule, je reçois un appel d'Emmaüs. On est le 6 août, il est 11 h, Belleville est vide, écrasée de chaleur.

Le type au bout du fil m'annonce qu'il m'a trouvé un logement de dépannage en proche banlieue nord.

Trois ans et demi, que j'attendais ça. J'ai manqué avoir un malaise.

Le type m'avait déjà téléphoné plusieurs fois. À la fin je lui avais dit d'arrêter d'appeler pour me dire qu'il n'y avait rien. Et là, c'était bon, une chambre avec une douche, une vraie.

17 avril 2015 - 6 août 2018, il faudra que je compte le nombre de jours.

Ce qui surprend le plus quand on se retrouve sous un toit, c'est d'apprendre à réorganiser son temps. La nuit devient interminable parce qu'on n'a plus l'habitude d'être dans un lit. La toilette prend dix minutes au lieu d'une matinée, je peux me faire mon café moi-même sans faire la queue devant la Mission. J'ai un petit frigo, aussi. Je fais des courses pour le lendemain, je prévois, j'anticipe.

J'ai lentement réappris à construire une journée et tous les réflexes du quotidien. Le plus surprenant, au début, c'était les clés. Trois ans et demi que je n'en avais plus. J'ai passé les trois premiers jours à les garder à la main sans pouvoir les mettre dans ma poche.

Presque tous les matins, après ma douche et mon café, je retourne place Sainte-Marthe. Les amis sont là. On discute, je suis comme avant, ils n'ont pas changé. La seule différence, ce sont ces vingt kilos que je ne porte plus sur le dos. J'ai un petit sac vide, avec un livre toujours, un bloc et quelques crayons. C'est la lecture qui m'a permis de tenir, l'écriture de ce livre, surtout. Je leur raconte ça mais ils s'en foutent, sauf Nassim, peut-être.

Ils sont contents pour moi. Pas jaloux pour un sou. Ce n'est pas trop l'esprit de la rue. Un qui sort, un qu'on sauve.

Je vais pouvoir revoir Pierrick puisque j'ai un toit. Ils l'ont écrit dans le jugement. La dernière fois, c'était le 11 septembre 2014, mon fils avait douze ans. Il vient d'en avoir seize. C'est un homme maintenant. Je le serrerai dans mes bras. J'aurai trouvé un travail, et le matin avant de partir, le soir en revenant, je ferai un crochet avec lui place Sainte Marthe.

J'ai Belleville au cœur.

CHRISTIAN PAGE RÉPOND À TOUTES LES QUESTIONS
DE SES LECTRICES ET DE SES LECTEURS SUR
@PAGECHRIS75

CET OUVRAGE EST PUBLIÉ PAR SLATKINE & CIE
LE TEXTE EST COMPOSÉ EN CARACTÈRE SLATKINE,
DESSINÉ PAR MATTHIEU CORTAT À LYON
IL A ÉTÉ ACHEVÉ D'IMPRIMER EN OCTOBRE 2018
SUR PAPIER MUNKEN BOUFFANT
ISSU DE LA GESTION DURABLE DES FORÊTS
SUR LES PRESSES DE CORLET IMPRIMEUR SA
14110 CONDÉ-SUR-NOIREAU
IMPRIMEUR NUMÉRO 199472
IMPRIMÉ EN FRANCE

IMPRIM'VERT®

TOUS DROITS RÉSERVÉS SLATKINE & CIE 2018